文學起步 101

101 位作家的第一本書

應鳳凰———— 著

參｜大火炬的愛──回眸五〇年代反共小說

肆｜我在台北——女作家第一本散文集

伍｜不按牌理出牌——男作家第一本雜文／散文

陸｜意難忘──女作家第一部小說

柒｜在室男──六、七〇年代小說家

後記 ── 作家的第一部，文學史的第一步　　226

壹　含淚的微笑

戒嚴下弱勢本土文學

新聞配達夫

楊逵《送報伕》

東華書局（1947年）／胡風譯／中日文對照

　　楊逵（1905～1985）的左翼色彩以及社會運動者形象都可從第一部小說的裡裡外外，包括出版流程顯現出來。日文原名：「新聞配達夫」，1932年由賴和經手在《台灣新民報》連載。無奈在台灣只刊登一半，後半部被認定有批判政府之嫌，遭殖民政府查禁。反而稿子寄到日本東京參加徵文，獲獎而在1934年10月號《文學評論》全文刊出。就算該雜誌不能在台灣流通，小說卻因得獎而成了殖民地作家成功進軍東京文壇的代表作。

　　兩年後的1936年，中國作家胡風將日文〈新聞配達夫〉翻成「送報伕」，中文版先刊上海《世界知識》雜誌，後收入《山靈——朝鮮台灣小說集》一書，魯迅主編《世界弱小民族小說集》再次收入，殖民地小說遂有機會流傳於抗戰期間中國大陸及南洋一帶。國民黨1949年來台，五〇年代白色恐怖歲月，左翼書刊自然全盤查禁，台灣讀眾在日本時代讀不到的〈新聞配達夫〉，戰後很長時期同樣緣鏗一面。

　　作為一個替弱勢發聲的社會運動者，作家楊逵不但坐日本人的牢，也坐了國民黨的牢，後者時間更長。其第一本書《送報伕》同樣見證兩個殖民政府對待作家以蠻橫的查禁手法。這本稀有的，胡風譯中日文對照版《送報伕》，經楊逵本人勞心勞力，總算在兩個殖民政府交接的夾縫中，如「壓不扁玫瑰」般悄悄綻放。日本人剛離台，國民黨蔣政府還在南京忙著內戰，處於三不管地帶的台灣，此書遂有了1946年「台灣評論社」的初版，以及1947年東華書局版。果然一本書的命運，常與作者的命運相同。《送報伕》於七〇年代再版復出後，出現幾種不同譯本，這裡抄胡譯初版一小段結尾，多少領略這篇名作的精神與文字風格：

> 我滿懷著確信，從巨船蓬萊丸底甲板上凝視著台灣底春天，那兒表面上雖然美麗肥滿，但只要插進一針，就會看到惡臭逼人的血膿底迸出。

1-1 胡風譯《新聞配達夫》（送報伕），中日文對照，台灣評論社1946年初版（書影由舊香居提供）。
1-2《送報伕》中日文對照（中國文藝叢書第六輯），台北市：東華書局，1947年10月發行。

1-1

1-2

恩仇血淚

廖清秀《冤獄》

中興文學出版社（1953年初版）／短篇小說

前衛出版社出的大套「台灣作家全集」裡有一冊《廖清秀集》，主編彭瑞金序言的題目是：「文學公務員四十年」，想是評家總結其作之後的春秋之筆。於文學場域裡扮演「公務員」角色，對廖清秀而言，究竟是褒還是貶？如果你對「公務員」的印象是「尸位素餐」那就不妙；但此處應是對他「長期埋頭寫作」形象的肯定。實際生活裡，廖清秀本就是公務員。翻開《文訊》所編的官方資料：他「日據時期小學畢業，教員檢定及高考及格。曾任小學教員、交通處科員、台灣省氣象所科長、中央氣象局專門委員…」。

可見他一輩子捧公家飯碗，不論政府怎麼換：是日本來的還是中國來的國民黨政府都不要緊；他只管埋頭寫小說，也不管文字怎麼變——他是台籍「跨語言作家」，日治時期發表日文，戰後則認真學中文。1951年參加國民黨「中國文藝協會」創辦的小說研究班，1952年以《恩仇血淚記》獲得官方「中華文藝獎金委員會」長篇小說第三獎，「開啟戰後第一代作家突破語文障礙而晉身文壇的先聲」。1957年加入鍾肇政發起之省籍作家《文友通訊》，邁向中文創作之路。以上都是各種台灣文學史書或網路上容易得到的資料。

奇怪的是很少人注意，或提起他的第一本書——短篇小說集《冤獄》。此書由葛賢寧主持之「中興文學出版社」印行，編為「中興小說叢書」第三集。該社這一年裡出版的書還有：蓉子新詩《青鳥集》、吳魯芹散文《美國去來》、彭邦楨詩集《載著歌的船》、郭衣洞（柏楊）小說集《辨證的天花》、方思詩集《時間》。請注意，這是1953年，與這些名字排在一起的廖清秀，還只是剛起步的「中文初學者」，不知《冤獄》會不會是戰後第一本「省籍作家」小說出版品。都說1950年代台灣文壇是「來台大陸文人」的天下，恐怕幾本文學史書都低估了省籍作家的文學成就罷。

2-1 廖清秀短篇:《冤獄》1953年初版,許是省籍作家戰後首部小說集。
2-2《恩仇血淚記》1952年獲得政府辦的文藝獎金,是廖清秀的成名作。

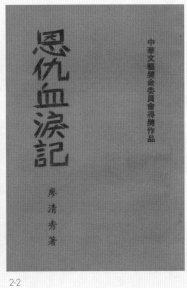

2-1

2-2

海是心情

葉笛《紫色的歌》

（嘉義）青年圖書公司（1954年）

薄薄《紫色的歌》1954年秋天印行，不僅是葉笛生平第一本書，也是戰後第一部本土詩人出版的現代詩集。按許達然說法，此書更是：「台灣1950年代初期出版的詩集中，詩質較好的一本」。剛滿二十三歲，職業是小學老師的葉笛，可見其「踏入詩壇」時間非常早，此時「創世紀詩社」、紀弦的「現代派」尚未正式成立，更別說本土「笠詩社」要等十年後的1964年才出現。

葉笛成長於台南，詩集「產地」和詩人「位置」都處在文壇邊緣。經文友郭良蕙介紹，交嘉義「青年圖書公司」出版，得以和郭良蕙第一本書《銀夢》在同家推出。作為典型文藝青年，從「台南一中」到「台南師範學校」，功課只消極應付，大多時間沉浸在文學閱讀。何以書名「紫色的歌」？他曾解釋：「紫色有一種夢幻的感覺，我們遠遠地看霧，有一種淡淡的紫色，裡面好像有一種不可知的世界，很夢幻」。全書四十二首詩，寫滿青春期少年對戀愛的憧憬與追求。扉頁印著大字：「把這本書贈／純潔的莉莉」。正像過去許多詩人，心深處藏著難以忘懷也難以廝守的初戀情人。

儘管以質樸文筆，抒發少男的深情與戀慕，詩集裡常出現的「大自然意象」則是「陽光和海」。海是心情，也是寂寞的由來，如這句：「你底明眸是神祕而紫綠色的海」。除了主題，詩人更致力於「形式」的推陳出新。《紫色的歌》裡有兩首一百五十行長詩，其中〈詩人之戀〉以「詩人」同「詩之神」的對話形式，仿希臘史詩呈現詩人對愛情的一連串質疑與探問。1931年出生的葉笛，中學以前受日文教育。婚後旅日二十五載，回到台灣的後半生生涯，除了創作，更費心費力於台灣日治文學的翻譯，多年來一直是位耐煩耐操的台灣文學譯（義）工。葉笛2006年去世，享年七十六歲。凡與他交往過的朋友，無不感知感動於他的浪漫與純粹。他的率直、誠懇，酒後吉他彈唱的忘我身影，曾迷倒多少文友師生。不談作品，單說葉笛那豪邁與真性情，渾然天成一位可敬可親浪漫詩人。

許達然認為《紫色的歌》是台灣1950年代詩集裡詩質較好的一本（書影由國立台灣文學館提供）。

以翻譯練中文

路加（鍾肇政）《寫作與鑑賞》

木村毅等著，路加譯／（台北）重光文藝出版社（1956年）

出版這本書的時候，長篇小說「魯冰花」還沒發表，可能連構想都還沒開始。

也可以說，這時候的台灣文壇，也還沒有「小說家鍾肇政」存在。國民黨文藝大管家陳紀瀅自己辦有一家「重光文藝出版社」，1956年前後因常在報章上讀到「路加」翻譯的，日本名家談創作經驗的文章，有意集印成書出版，卻不知「路加」是何許人。等到書要排版校對，透過副刊主編聯絡介紹，才知此人住桃園縣龍潭鄉，本名鍾肇政（1925～），現年三十一歲，「光復前畢業於青年師範學校，現任職國民學校。我們從他的志趣與國文造詣，欽佩之餘，對他更寄予很大希望」。（陳序）

這是鍾肇政「第一本書」的出版因緣，連鍾老師本身也非常意外，因為他覺得自己尚處於「練習中文寫作」的階段。開始翻譯投稿的「年資」不過一年多，而選擇這些內容翻譯的動機，一來是練習中文，二來，從日本名家「寫作經驗談」裡，不但自己從中獲得養料，還可翻譯出來與人分享。在譯者序裡，他自稱正學習寫作，是「荊棘長途上的一個摸索者」，一棵「先天不足的羸弱幼苗」。為了鍛鍊文筆，他利用零碎公餘之暇，更為「加深從原作所得的印象」，所以選擇翻譯一途。以此書為例，我們看到「跨越語言一代」的本省籍作家，如何於國民黨掌政初期，依靠日文翻譯（不可能是創作）崛起於戰後文壇。它呈現另一個面向的「時代印記」——台灣本土作家若有志於創作，學習總是沒有止境，從一種語言到另一種語言，不論努力學日文還是中文，因為都不是母語，要鍛鍊到創作的程度並不容易。誰說長久以來台灣不是被「多次殖民」的海島？台灣文人不是「殖民地作家」？鍾肇政生平經歷是最好的見證。

鍾肇政1925年出生於日治「台灣新竹州大溪郡龍潭庄字九座寮」（今桃園龍潭）。早年曾入淡江中學，彰化青年師範學校畢業，台灣大學中文系肄業。擔任小學教師多年。大半生從事小說創作及翻譯，出版長短篇小說及翻譯超過八十部。曾任高

雄《民眾日報》副刊主編、台灣文藝雜誌社社長、台灣筆會會
長、台灣客家公共事務協會理事長；熱心栽培提拔文壇後進。

4-1 1925年出生的鍾肇政受日文教育，戰後從日文跨到中文創作之前，以翻譯練習寫作。
生平第一本書是1956年以筆名「路加」翻譯的日本名家談創作。
4-2 《寫作與鑑賞》1956年重光文藝出版社初版二刷。
4-3 《寫作與鑑賞》1961年元月再版。

4-1　　　　　　　　　　　4-2　　　　　　　　　　　4-3

鐵路詩人起步

陳金連（錦連）《鄉愁》

新生出版社（1956年初版）/詩集

錦連第一本詩集，出版時間是那麼早：在1956年。外觀又是那麼單薄、儉樸、不起眼。年輕詩人剛嘗試中文書寫，用的還是本名「陳金連」，不是後來大家熟知的「錦連」。但這部薄薄三十頁《鄉愁》，封面沒有圖樣，不著色彩，卻從內裡散發豐厚生命力，投射著殖民地詩人異於同代的特殊風貌。整體而言，這是一本安靜、不占面積，謙虛的存在；就像陽光下山野間一株不知名小草，那麼清新自在，翠綠透亮，朝向美好未來。

戰後1950年代，本島詩人沒有選擇餘地處於條件極差的時空環境。從小慣用日文的他，這時被迫轉換語言改用中文。喜歡讀詩寫詩，澎湃而年輕的胸膛裡，早已積蓄並創作日文詩數百首。戰後費力跨越語言障礙，薄薄中文詩集泛著掩蓋不住的才情；書裡書外，印著詩人剛起步時，與眾不同的瀟灑風貌。

這本看起來單薄的詩集創下的出版紀錄，至今可不容易打破。首先，全是短詩：收入二十九首，而一頁一首詩，全書共二十九頁，戰後書市恐怕很難找到更單薄消瘦的詩集了。其次，它還擁有詩集史上最短一篇「序言」，連標點只有五十七個字，全文抄錄如下：

> 經過了一段日文的試作時期，你一直沒有了發表的機會。如今有了這部詩集的誕生，由一個詩人的一生來說，該不會是太早的吧。／李子惠／一九五六年初秋 於彰化。

別看只有五十多字，「第二人稱」簡單直白，卻委婉傳達一位省籍詩人心境與困境。更重要當然是書裡的詩。不用費心挑選，直接抄第一首與第二首吧。前者短短四行，題目「蚊子淚」，後者算七行(一字也算一行)，題目「檬果」。任誰讀了都會讚嘆：詩人竟用最少的文字，傳達最複雜細緻的感情——想想看，中文不過初學而已，詩味卻無比濃厚：

〈蚊子淚〉

蚊子也會流淚吧……//因為是靠人血而活著的。//而，人的

血液裡，/有流著「悲哀」的呢。

〈檬果〉
有，/保持色彩的固執性。/有，民謠般的土著氣味。//黃的，/鮮黃的，/隨著汗而滲出的有色人種的鄉愁與夢。

這麼精彩，每首只短短幾行的詩篇，真可以一首接一首慢慢抄下去……二十餘首並不多，卻是詩讀者生活裡一大享受。

錦連本名陳金連，1928年在彰化出生。台灣鐵道講習所中等科及電信科畢業。日治時期擔任台灣鐵道部彰化驛電報管理員，戰後持續在台鐵彰化站工作，當到電報主任退休。錦連是戰後《笠》詩社發起人之一；由於他一生在鐵路局服務，鐵路一直是錦連「思考與詩的生命場景」，有詩壇「鐵路詩人」之稱。退休後專事寫作及翻譯，2013年初辭世，享年八十五歲。

5-1 錦連 1956年自印本《鄉愁》封面。
5-2 《鄉愁》版權頁。

邵老師處女作

邵僩《鄉戀》

作者自印（1956年）／散文小說合集

散文小說收集在一起，九十頁不到瘦瘦一本自印書，雖然筆端較生澀，但紀念性高於藝術性。扉頁以特殊紙質紅色套印兩行字：「謹以此獻給：／爸爸五十生辰的禮物」。文法讀起來儘管小有彆扭，人子的誠意愛心卻溢滿書頁。珍貴稀有的自印版，也許是作者不愛「認帳」的少作，其實出書這年作者才二十二歲，篇篇文章無不蘊含著未來文學生命的種種可能。

小說家邵僩（1934～）籍貫江蘇，在新竹成長及就業，職業是小學老師。工作可退休，寫作卻不必也不願退休。著作早已等身，根據國立台灣文學館編印的出版目錄，2007年以前他已出版散文集十部，小說集二十部，兒童文學十部，難怪出版人隱地說：「教書和寫作，是邵僩生命的兩大支柱。他做了三十年的小學老師，走在新竹任何一個角落，總有人喊他『邵老師』」。

隱地曾替他抱屈：「邵僩有他獨創文字風格，但似乎至今仍未為評論家注意。」這話卻也說明他對創作一直懷抱熾熱的情感。除了寫作，他還喜歡電影，寫過電影劇本，一度擔任香港國泰電影公司特約編劇。描繪邵僩，還是隱地的文字最傳神：

> 邵僩，一個在文壇上的獨行俠，他在悲愁的路上揚起馬蹄絕塵而去，在他小說俯視下的人世——繽紛而充滿希望，他是一個生活的獵人，一篇小說就是一次狩獵，他狩獵的是人類的悲愁、貪婪、無助……對明天卻仍然懷抱希望。

1979年隱地主持的爾雅出版社印行邵僩一部短篇集，書名：「不要怕明天」。有時書名裡暗藏著作家的人生觀文學觀，讀者不可不查。另外，更讓人迷惑的，還有作者的名字。第一本書印「邵僩」，後來的書出現「邵僩」。到底「僩」，還是「僩」？兩字念法不同寫法也不一樣，「日」與「月」之差，豈容混淆。為寫此文特地打電話問隱地，答案竟然是——都對。兩種念法寫法都好，是作者說的。

第一本書《鄉戀》是他二十二歲時送給父親的生日禮物。

血淚如「雨」
鍾理和《雨》

鍾理和遺著出版委員會編印（1960年）／中短篇小說集

漢字象形：雨字上半如「天」，下半為「水滴」。作為1950年代末端台灣文學出版一部書名，它也形象地呈現本土作家在文壇邊緣的艱難處境，顯影一個文學寫作者的滴滴血淚。《雨》1960年秋付印，是鍾理和在台灣第一部出版品，可惜作者未能親見。熟悉鍾理和生平的人皆知，這位「倒在血泊裡的筆耕者」在生命最後一刻，正抱病修訂中篇小說〈雨〉，期望趕上副刊連載。然而他終於倒在稿紙上咯血身亡，日期是：1960年8月4日，原稿上至今留著作家斑斑血跡。

因此初版於作者去世這年的《雨》，珍貴處不在它早已絕版絕跡，公私藏書都難見蹤影。而是《雨》自裡到外，其出版時間、編輯過程、出版模式，綜合呈現著1950年代末期台灣文壇一幅人文景觀，見證一位本土作家的艱苦與不幸；也因此「再現此書誕生歷程」，於認識早年文壇史及出版生態上，顯出特殊意義。展開《雨》生產過程，如拉開一段記錄片，讓後人看到這塊土地上，本土文人的邊緣處境以及文人之間互助互重精神。

鍾理和是「聯合副刊」投稿作家之一，去世消息因主編林海音寫了一則訊息而傳開，也引起聯副文友們一陣扼腕嘆息。一聽說這位貧病寂寞的南部作家，這些年積極寫作卻未能出版一部作品，因此死而有憾。林先生於是在北部文壇登高一呼，成立「鍾理和遺著出版委員會」。她「五十、一百的捐來了幾千元款子。預約的情形很好，書一出版欠款就還清了」。原來在那年代一本小說集出版，對於本地作家而言竟是那麼困難。幸好文友們一起伸出援手，出版問題迎刃而解。

從發稿到校對印刷，《雨》成書速度飛快。作者逝世後才籌款付印的書，趕在鍾理和「去世百日祭」當天，放在他供桌上祭弔以慰亡靈。由畫家夏陽義務設計的封面，一幅由灰藍、米黃與黑三色套印的木刻畫，畫面鑿痕斑斑，「是苦雨也是血淚」；屹立的「雨」字透著堅忍沉鬱，為鍾理和堅毅艱苦的寫作精神作了最佳詮釋。本書收鍾理和晚期小說十六篇，只占他

全部作品三分之一。1976年遠景印行「鍾理和全集」共八卷，
列為第三卷的《雨》，光看封面很像是再版本，其實遠景版由
張良澤重編，內容已大不相同。

7-1

7-2

7-1 鍾理和在台出版的第一本書《雨》有畫家夏陽沉穩厚
　　重木刻版畫，可惜作者生前未及親見，而是放在「去世
　　百日祭」的供桌上告慰亡靈。
7-2 1976年遠景出版的「鍾理和全集」卷3，吳耀忠封面
　　設計：書名雖同樣是《雨》內容已全然不同。

在微笑與眼淚之間

許達然《含淚的微笑》

野風出版社（1961年）／大業書店（1965年）／遠行（1978年）／遠景（1982年）

1961年由「野風」出版散文集《含淚的微笑》時，許達然還只是東海大學歷史系三年級的學生。雖是大學生初試啼聲的「少作」，與他成熟期散文風格稍有不同，然而亦非一般人所想的，只是躲在學院象牙塔裡的產物。此書情感真摯思維細膩，大受到市場歡迎，是一部再版後還出現好幾種盜印版的暢銷書。台灣同年代成長的文藝青年，很多人讀過也記得這本書。

書裡一篇題為〈自畫像〉的短文，「害羞的孩子」如此自我描繪：

> 這個孩子在人多的地方，就覺得很忸怩。參加同樂會，不幸輪到我表演時，就發抖；偶而去看電影，都儘可能在放映時才進戲院；也怕坐公共汽車，那種在陌生的面孔叢中的滋味，就像要把我載向刑場！

許達然1940年台南出生、成長。大學四年念東海大學，畢業繼續留歷史系當了三年助教，總共在台中待了七年。很年輕便在台灣文壇嶄露頭角：第一本散文集出版不久，1965年獲得救國團辦的第一屆全國「青年文藝獎」，同屆得獎人：小說類司馬中原，新詩類的瘂弦，皆文壇一時之選。也是在這年他出國念書，讀完哈佛碩士，芝加哥大學歷史博士，以後長期任教美國西北大學，直到退休。

雖然長住海外，許達然情思卻時時繚繞於故鄉台灣。歷史是他的專業，也是思索的工具，無論寫什麼題材，讀者從他散文裡聞到的總是醇厚的台灣土味。史學研究賦予他透徹的洞察力；渾厚的天性，關懷弱勢，也使他體制精鍊、意象豐盈的散文，能融化主觀的感情至客觀的世界。他很少為一己的得失耗費筆墨，那藝術形貌醇美的散文，始終與人民大眾血肉相連。

半世紀以來，本書歷經各種版本變換。第一版「野風」封面由廖未林設計，最是雅麗大方，也是極稀珍少見的版本。書前題詞用拜倫的詩句：「人，你在微笑與眼淚間閃動！」讓人看到作者當年出書的動機與寫作襟懷。

8-1　1961年「野風」初版本由廖未林設計封面。
8-2　含淚的微笑〔大業版〕1965
8-3　含淚的微笑〔遠行版〕1978
8-4　含淚的微笑〔遠景版〕1982
8-5　上市後出現各種盜印版（1970年）。
8-6　盜印版自產的誇張封面。

8-1

8-2

8-3

8-4

8-5

8-6

回到南方果樹園

林佛兒《芒果園》

台北：中國詩友月刊社（1961年）／詩集

林佛兒出版生平第一本書，詩集《芒果園》的1961年，還不到二十歲；五年後的1966年，再由皇冠推出散文集《南方的菓樹園》。不難想像，活躍於上世紀六十年代台北文壇的林佛兒，身上帶著南台灣泥土味，從兩本書名即嗅出濃濃南方氣息。散文集且於1970年獲得台北「中國文藝協會」頒發的散文獎。

《芒果園》作為早年詩集，雖然只有薄薄三十八頁，卻對認識詩人兼出版家的成長背景頗有幫助。從此書〈後記〉得知，在台南佳里出生的他，從小和祖母一起生活，是祖母一手帶大的。出這本書正為紀念撫育他成人的「祖母之恩典」——這年正逢「祖母七十四歲壽辰」，他在後記裡「祝她萬壽無疆」。書中一首題目〈祖母〉的詩寫著：

> 捲著風沙的十九年呵／匍匐沙漠的絕望日子／……
> 無父無母的孤獨中懂事的／我呵！乃是祖母一掌上珠

收錄四十多首詩的書裡，看出他童年並不快樂。雖然讀小學時成績好，卻因家境困難，畢業便到印刷廠當學徒。說是不幸，卻是另一種幸運——印刷廠工作給了他接觸文學的大好機會。印刷廠接印不少文學書，他從閱讀而愛上文學，而嘗試寫作。很多人不知，出版《芒果園》之前，林佛兒是一位消瘦而憂鬱的詩人——筆名就叫「鬱人」。他在後記寫道：

> 我有很多的痛苦，在痛苦中，我只有揮淚寫詩。

何以取名「芒果園」？也許熟黃的芒果讓他聯想及愛人的笑顏，也許它是故鄉芳香甜美的象徵。無論如何，這本印記著青澀歲月的詩集，呈現作者童年「是從飲泣中成長的」，以至於「苦悶成熟得過早，悲哀亦懂得太多」。

大半生與「文學出版」關係密切的林佛兒，實際上有一張亮

麗的編輯履歷：早在1960年代他就曾在台北《皇冠》雜誌社、《王子》雜誌社工作，並先後參與創辦、編輯過《仙人掌》雜誌（1977～1978年）、《火鳥》雜誌、《龍族》詩刊（1971年～1976年）、《鹽》雜誌月刊、《台灣詩季刊》（1983～1985年）。1968年創辦規模與影響都不小的「林白出版社」，1984年創辦《推理》雜誌（1984～2008年）。 以上經歷充分說明他大半生與台灣文學出版的密切關係。從1961在台北出版《想像的芒果園》，以後在都市建立出版企業、大賺錢移民加拿大。於世界繞了一圈，新世紀又回到真實的「芒果園」──從精神到物質再回歸精神，發現南方鹽分地帶不僅有美麗「菓樹園」，更有陽光般溫柔的情與愛，故鄉真的一點也不貧瘠。

薄薄三十八頁詩集《芒果園》1961年出版時，二十歲的林佛兒還是位「消瘦而憂鬱的詩人」，筆名鬱人。

台語詩拓荒之作

林宗源《力的建築》

笠詩社（笠叢書之四）／1965年初版／詩集

林宗源三個字，總會與「台語詩」聯想在一起。九〇年代台語詩興起之後，「台語文學史」建構者眾，追本溯源，他是開拓者之一，自己寫同時熱心推廣，有論文稱他是「台灣河洛詩之父」。他認為台語活潑且富情趣，是優雅的語言；「台灣話在他心內，如同自己的細胞，在創作的瞬間，能自然而然地呼出」。其名作之一是〈人講汝是一條蕃薯〉，我較喜歡的是另一首〈講一句罰一元〉：

講一句罰一元／台灣話真俗(便宜)／阮老父逐日予我幾張新台幣／／
講一句掛一擺狗牌／台灣話昧咬人／阮先生教阮咬這個傳彼個／／
講一句踦一擺黑板／台灣話昧宰人／阮踦黑板嘸知犯啥罪……；

把讀小學時代講台語被罰錢、罰站、掛狗牌的情境寫得入木三分。

林宗源台南人，1935年生，與趙天儀、尉天驄同年。早在1958年擔任「現代詩社」社長，是笠詩社（1964）創社元老，更在解嚴後出錢出力推廣台語詩，1991年創立「蕃薯詩社」與詩刊，辦第一屆台語文學營，2006年再創辦「林家詩社」迄今。也許有人問，他真的那麼早開始寫台語詩嗎？1960年代怎會有台語詩出現。翻開他第一部詩集《力的建築》，沒錯，這首是1965年寫的：「南風，熱滾滾的南風／吹來，吹來香貢貢的稻香」。雖然全書五十多首這不過其中一首，但「開拓者」的名號有書為證。詩集開本不大，僅薄薄八十頁，編為「笠叢書」第4號，龍思良的封面設計看起來劇力萬鈞，與書名搭配得極好。

林宗源詩作題材後來漸有改變，如2004年蕃薯詩社出台語詩集《無禁忌的激情》，此亦從相關研究論文顯現出來──1999

年台南成功大學研究生碩士論文是「林宗源及其詩作研究」。而十年之後，2009年台灣師範大學研究生碩論題目卻是「林宗源台語詩的性和愛」，詩風變化研究方向隨之改變。2011年底林宗源出版最新詩論集《沉思及反省》，封面出現的一排字該是其心境最佳表白——「隨意開端，自由聯想，無心結束」。

10-1

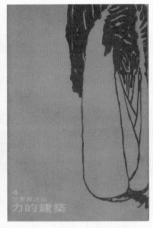

10-2

10-3

10-4

10-1 《力的建築》編在「笠詩社」叢書第四號，龍思良封面設計。
10-2 詩集封底。
10-3 林宗源題贈詩人白萩。
10-4 2011年出版的詩論集《沉思及反省》封面。

透露作家身世

李喬《飄然曠野》

台北：幼獅書店（1965年初版）／短篇小說

李喬（1934～）第一部小說《飄然曠野》順利誕生，要感謝鍾肇政不辭辛勞，扛起主編與召集的重責大任。以慶祝「台灣省光復二十周年」名目，1965年集合十冊的「台灣省青年文學叢書」，由救國團「幼獅書店」成套出版。從標題序言一再重複「台灣省光復」「台灣省青年」，可知這詞彙當年大概新鮮少見，以至於須再三強調。是的，從1945年「光復」或「接收台灣」以來，二十年時光飛逝，終於等來第一批台灣本地作家「小說成果」。有別於前行代受日文教育，他們是戰後接受正規中文教育的一代，不僅掌握寫作能力，此時更以清新「青年作家」形象，共同展示文學成果。同批優秀省籍文學青年還有：鄭清文、黃娟、劉靜娟、鄭煥、鍾鐵民、陳天嵐等，都在1965這年出了生平第一本書。

《飄然曠野》收入李喬最早短篇創作十六篇，包括1962年第一篇發表的〈阿妹伯〉，1963年獲《自由談》雜誌徵文首獎的〈苦水坑〉。葉石濤寫評讚賞此書寫實風格「瀰滿著泥土芳香」，也說書裡「隱藏著足以使人哀傷不已的他底身世的祕密。」而童年形成心理創傷，也回過頭來成為「迫使李喬走向寫作生涯」的原始動機。

叢書精簡短序寫道：「這套台省青年文叢，旨在展示光復二十年來台灣文學的成長，以及省籍青年作家在文藝創作的成就」。本名「李能棋」的李喬，創作上正是此中佼佼者——他是「第十屆國家文藝獎」得主，曾任總統府國策顧問。1934年出生於苗栗大湖鄉蕃仔林，童年和少年時代都生活在與泰雅原住民接壤的偏僻山村。新竹師範畢業後，歷任中學、高中國文老師二十八年，1982年退休。著作等身，其中長篇《寒夜》為首部改編成客語連續劇的小說，2002年起在公共電視台播出。

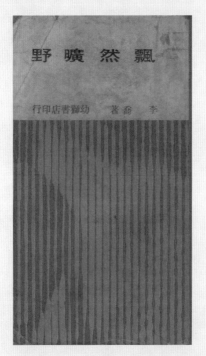

《飄然曠野》收入李喬最早短篇小說十六篇，
1965年台北「幼獅書店」出版，列為「台灣省
青年文學叢書」其中一冊。

作家真命苦

葉石濤《葫蘆巷春夢》

台北：蘭開書局（1968年‧初版）／短篇小說集

　　一般稱葉石濤評論家，但他第一本書並非評論而是小說集，書名還很香豔，叫《葫蘆巷春夢》。白色恐怖年代坐過牢的他，創作起步雖早，出書卻晚，直到四十三歲才有第一本書。此書由台北「蘭開書局」出版，鍾肇政寫序。文壇素有「北鍾南葉」之稱，兩人都於1925年出生，同為小學老師，業餘同樣熱愛寫作，將一輩子心力奉獻給台灣文學。但出書的1968年，住北部（龍潭）鍾肇政，與南部（左營）葉石濤，兩人雖神交已久尚未見過面。葉老出書由鍾老奔走促成，全靠書信往返。密密麻麻信紙夾雜著中文與日文，如今都成了珍貴第一手史料。

　　書中同名小說〈葫蘆巷春夢〉原載「人間副刊」。「葫蘆巷」是一條愀隘又邐邐的巷弄，人畜雜居，終日飄著刺鼻的臭氣。男主角銅鐘仔是中年喪妻一窮苦工人，租住鴿籠般樓上小房間，緊鄰住的則是夜夜遲歸一風塵女子。葉石濤以誇張筆法寫市井巷弄滑稽人生，喜劇結局：銅鐘仔與風塵女「同是天涯淪落人」，最終牽手離開都會「這條齷齪的盲腸」，一起回鄉種田。　小說中間有這麼一段隱喻筆法：主角深夜回家，一面開窗欣賞夜色，一面彷彿聽聞到葫蘆巷住民打鼾和夢囈的聲音。作者連用兩個驚嘆號描寫此情此景：「噯！連睡眠也不能使這些喧嘩的住民閉嘴默不作聲呢！」此話無關情節，純為表達主人翁內心慨嘆與吶喊。葫蘆巷裡處處髒亂灰暗，人物也是，風格很寫實，毫無「春夢」可言。若說題目用的是「隱喻筆法」，該是兼有「保護色」功能的障眼法。

　　還是高中時代，葉石濤十七歲便寫出第一篇日文小說〈媽祖祭〉，代表他戰前已進入日治時期文壇。戰後坐牢出獄，1954那年他三十歲，才知外面世界竟已翻了兩翻，就像經歷一場李伯大夢，出了牢房整個社會已改用中文書寫，他得從頭學習另一種語言。可以想像：要磨斷多少枝筆，絞出多少腦汁，才能將從小慣用的日文語法，全盤改過來換成中文書寫，寫的且是高難度的小說與文學評論。　其間辛苦與心酸說起來很抽

象，計算起來也可以很具體——他從十七歲開始寫作，到「首度出書」四十三歲，外在環境強制性語言轉換，平白耗掉作家二十八年黃金年華。拿筆寫字的作家真命苦，特別像葉老這樣經歷兩個政權，兩種語言的人。難怪葉老一生就如他筆下的小說人物，灰暗無奈，誇張與扭曲，只能以黑色幽默方式表達，就像「葫蘆巷春夢」。

12-1

12-2

12-1 戰後任小學老師的葉石濤直到四十三歲才出版第一本小說集，其實他很早就開始以日文創作，十七歲即投稿進入日治時期文壇。
12-2 第一本書出版於1968年，封底印有年輕時斯文照片。

貳 夢土上
現代詩人第一本詩集

來台寫景詩

鍾鼎文《行吟者》

台灣詩壇出版（綠窗詩草之一）／1951年

「行吟者：鍾鼎文」是台灣最長壽的詩人之一，2012年去世享年九十八歲。詩人活躍於早年文壇，於1950年代與紀弦、覃子豪並稱「詩壇三老」。《行吟者》也是詩集的名字——「我習作新詩二十餘年的第一部處女集」。此書有「于右任的題署，戴杜衡的題記，梁中銘的繪製封面」，初版迄今超過半世紀，或許印量不多，或許名人墨寶，致使舊書肆水漲船高，標價上萬。全書分上下兩集，依時間，而非內容分集，後寫的排在前面：上集「來台後的作品」，下集「來台前的作品」。集中多為承襲三〇年代新月風的寫景詩，前者如〈高雄港的黃昏〉、〈台北橋的夜吟〉、〈淡水河之歌〉、〈赤崁樓懷古〉，後半如〈蘇州河的歌〉、〈鐘塔〉。戰後台灣文壇傑出詩人輩出，以紀弦、洛夫等當時提倡的「現代詩」標準來看，此書未免顯得保守而不夠「現代」。

鍾鼎文（1914～2012）原名鍾國藩，筆名番草。祖籍安徽舒城，二十歲即保送日本京都帝大留學，曾任國民黨中央陸軍官校教官，總司令參議。抗戰期間，以二十五歲青年，任「軍事委員會桂林行營」少將設計委員，《廣西日報》總編輯等職。1949年來台後一直是國大代表，歷任國民黨機構要職，家世經歷無不一帆風順。《行吟者》編為「綠窗詩草之一」；1956年「正中書局」出版的《山河詩抄》為「綠窗詩草之二」。此書仍然是寫景詩，有意思是詩集首頁，醒目印著——「舉目有山河之異」。

作者竟用了《世說新語》王導新亭對泣的典故：「風景不殊，正自有山河之異！」作為統治階級，此一典故用得有些「牛頭不對馬嘴」。王導的話，原是西晉末王室渡江流亡東南，文士悲歡國土破碎或淪亡的名句，拿來比喻國民政府初入台灣境況，能「合身」嗎？1950年代從大陸來台黨國官員，究竟是新移民、新遺民，還是後殖民？台灣山河，在「行吟者」筆下全是異國河山，充滿異國情調，五〇年代「渡台王室」恐怕新亭宴飲者多，對泣者極少呢。感嘆「舉目有山河之異」的人，應該是鍾理和而不是鍾鼎文吧。

13-1 鍾鼎文於1950年代與紀弦、覃子豪並稱「詩壇三老」；他也是三老中最長壽的
詩人，享壽九十八歲。1951年出版《行吟者》編為「綠窗詩草之一」。

13-2 從「版權頁」看出鍾鼎文是「台灣詩壇」重要人物。

13-3 《山河詩抄》1956年由國民黨營「正中書局」出版，為「綠窗詩草之二」。

13-1

13-2

13-3

余光中《舟子的悲歌》

早期詩篇

野風出版社（1952年）／詩集

1949年前後，國民黨政府從南京撤退台北草山，兵荒馬亂，軍不聊生。有別於大批流離來台的小將大兵，二十出頭的余光中（1928～）先從南京金陵大學轉廈門大學，1950年渡海進入台灣大學。也因良好家境與條件，才能於1952年3月——這時還是台大外文系學生，即自費出版第一部詩集《舟子的悲歌》，由「野風出版社」發行，梁實秋教授寫序。

此書絕版多年，好在這時期代表作，亦即本書精華詩篇，已被作者選入洪範書店出版「余光中詩選」（1981年初版）裡。若問早期詩風與後來寫〈鄉愁〉、〈白玉苦瓜〉的余光中，有何不同？且看這首〈淡水河邊弔屈原〉首節：

青史上你留下一片潔白，
朝朝暮暮你行吟在楚澤。
江魚吞食了二千多年，
吞不下你的一根傲骨！

此類重視格律，「四行一節」的方塊詩，也稱「豆腐乾體」，講究的是形式整齊，辭藻美麗。五四時期「新月詩派」如聞一多等模仿西洋體式創成的「新格律詩」，余光中追隨嘗試於早期詩作，全收入首部詩集。此外，剛來台灣難免想家，選作書名，寫於1951年這首〈舟子的悲歌〉，除了韻律，也描寫詩人思鄉思親的心境。

昨夜，
月光在海上鋪一條金路，
渡我的夢回到大陸。
在那淡淡的月光下，
仿佛，我瞥見臉色更淡的老母。
我發狂地跑上去，
（一顆童心在腔裡歡舞！）
啊！何處是老母？

何處是老母？

荒塋衰草叢裡，有新墳無數！

　　余光中1928年生於江蘇南京，福建泉州永春人。台灣大學外文系畢業後，取得美國愛荷華大學藝術碩士。歷任東吳、師大、政治大學、香港中文大學教授，自香港返台後，歷任高雄中山大學外文系教授兼文學院院長、外文所所長，屆齡退休後仍留校，為榮譽退休教授。1953年初來台與覃子豪、鍾鼎文、夏菁、鄧禹平等共創「藍星詩社」。晚年遊走兩岸三地，以江南人自命。因抗日戰爭曾在四川讀中學，情感上亦自認是蜀人。因生日正好是重陽節，自稱「茱萸的孩子」。自言最喜歡的是香港和高雄，形容兩岸三地於他：「大陸是母親，台灣是妻子，香港是情人，歐洲是外遇。」

余光中早期新詩多見新月派「豆腐干體」，詩集《舟子的悲歌》1952年自費出版，梁實秋教授寫序。

與海洋永遠同在

覃子豪《海洋詩抄》

新詩周刊社初版（1953年）／詩集

《海洋詩抄》是覃子豪來台第一本詩集。台灣島嶼四面環海，鏡頭拉遠，用「文學史鳥瞰」，既是往後無數海洋文學珠鍊第一顆閃亮成果，也是海洋文學畫廊最早一朵黃金向日葵。雖非覃子豪成熟期代表作，卻是有史以來，第一部全書以海洋為主題的現代詩，又是戰後首部大量抒寫台灣風情之作，意象豐美，形式與題材合成其不容忽視的文學史位置。

覃子豪（1912～1963）籍貫四川廣漢，曾留學東京進入大學法科，未及畢業回國加入抗戰。戰後來台，卻英年早逝，五十二歲罹癌身亡。但他在台灣詩壇的影響與貢獻，同輩詩人難望其項背——他是「藍星詩社」第一代領導人，編詩刊寫詩論之外，教詩、評詩、批改詩，全力推展現代詩運，這是外緣貢獻。於現代詩壇，他有創作也有理論，成一家之言，這是內緣影響。覃子豪桃李滿詩壇，有「新詩播種者」的美譽。

前言說，他愛海，「森林，草原，河流，山嶽」各有其特性和美，卻未能占據他心中重要地位。唯有海，「豪放，深沉，美麗，溫柔的海，……它的外貌和內在含蓄有無盡的美」（詩集題記）。《海洋詩抄》共收四十七首詩，集結他1946年至1953年詩作。封面上半頁有迎風破浪帆船一幅，墨綠圖畫配以紅色書名，靜中有動，蘊含主題浪漫精神。詩人說：海是「複雜而又單純，暴燥而又平和」，充滿不可思議的魅力。詩集涵泳追逐海洋之美：從書封裝幀，到書中十頁插畫，全由覃子豪自行設計。沙灘與夜空繁星，水手、美人魚、椰子樹，一幅幅插於詩頁之間，島國風情躍然紙上，讓讀者與海洋更加接近。覃子豪有〈貝殼〉短詩一首：「貝殼是我的耳朵／我有無數耳朵／在聽海的祕密」。詩人聽見了海的祕密，此所以「海洋詩抄」或文學之美，將與海洋永遠同在。

15-1

15-1 1953年印行《海洋詩抄》由詩人自己設計封面。
15-2 ABC各詩頁間插圖全由詩人自行設計。

15-2A

15-2B

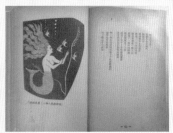

15-2C

永遠的青鳥

蓉子《青鳥集》

中興文學出版社初版（1953年）／爾雅再版（1982年）／詩集

不僅是蓉子生平第一部作品，《青鳥集》還是「自由中國第一本女詩人專集」，初版於國民黨初來台的1953年。台灣最早一份詩刊：借「自立晚報」版面的《新詩週刊》，輪值主編鍾鼎文對蓉子詩作可說驚豔，形容作者「有著雋永的才思與深摯的情意」。選為書名的〈青鳥〉一詩即在此發表。寫成於1950年底──二十二歲年輕女詩人因而從這裡出發，飛進「高遠神祕的新詩國度」，也開啟她一生在現代詩途的長征，寫詩迄今超過六十年。

> 別忘了，青鳥是有著一對／會飛的翅膀啊……

初版本收入四十一首短詩，全是作者發表於1950至1953那三、四年間的抒情詩。「1950年代文壇領袖」張道藩為此集寫序，讚道：「首首的形式都很美好，簡潔、明淨而完整，沒有枯瘠、偏畸、冗贅的毛病」。相較其「大家長式」的冗長評論，鍾鼎文精短書評要傳神多了。說蓉子詩充滿一種「寧靜的寂寞與淺淡的悒鬱」，言其詩兼具李清照與白朗寧夫人的氣質。他讀完的感覺是：「一串晶瑩滑潤的珍珠」從手指間溜過。這些珠串最後更散入夜空化作天邊星斗，熠熠生光。

《青鳥集》獲得不少佳評，卻多止於「驚喜文壇女詩人出現」，論者且清一色是占有詩壇位置的男性。今日重讀，形式技巧雖有其青澀一面，作為「第一部女詩人專集」，並非「作者女性」身分這麼單純。詩集內容的晶瑩剔透處，正是其女性主題或女性尊嚴的呈現。蓉子發表於「新詩週刊」第一首詩，原題〈為什麼向我索取形像〉：

> 為什麼向我索取形像？／如果你有那份真，／我已經鏤刻在你心上；／若沒有──／我恥於裝飾你的衣裳。

有意思的是此詩於刊登時，題目被編者鍾鼎文刪為〈形像〉兩字；刪後已不見其中呈現的女性意識或質疑精神。此一小小

投稿者與編者事例，正好具體而微顯現那戒嚴年代的權力關係與性別政治。

　　「從久遠的年代裡──／人類就追尋青鳥，青鳥、你在哪裡?」這是詩集第一首第一句。青鳥或象徵「理想與幸福」；對年輕詩人而言，青鳥也象徵「愛情」。而青鳥是「有著一對會飛的翅膀」的，可以說，「青鳥」也是蓉子本人──自五〇年代進入詩壇即鼓動翅膀飛翔。「青鳥」更是一部詩集，由小說家潘壘封面設計，清淡雅致裡紀錄著她青春年月的心境與感懷。

　　「永遠的青鳥」之稱或許是這樣來的吧。

16-1

16-1　《青鳥集》初版1953年「中興文學出版社」印行，潘壘封面設計，是戰後第一本女詩人專集。
16-2　1982年由爾雅出版社重排再版。

16-2

悠悠山林

夏菁《靜靜的林間》

藍星詩社初版（1954年）／詩集

書中一首詩寫道：「我是一隻鷺鷥鳥，／天天在綠色的詩篇上飛繞；／又行吟著每一行詩句，／遇有意外的發現就細細咀嚼。」

旅居美國的夏菁（1925～）本名盛志澄，浙江人。1947年來到台灣，1954年與鄧禹平、余光中、覃子豪等人創立「藍星詩社」，第一本詩集《靜靜的林間》即出版於此時。五〇年代活躍於台灣詩壇，主編過《藍星》詩頁、《文學雜誌》、《自由青年》等新詩欄目。曾任台灣「農復會」技正，1968年應聯合國之聘前往牙買加服務，為聯合國糧農組織水土保持專家。1984年自聯合國退休，任美國科羅拉多州立大學教授。

詩齡超過半世紀，四、五十年客居海外，已出版十部以上詩集的他，是梁實秋口中的「恂恂君子」，對新詩的熱誠及創作始終不衰，即便已從教授崗位退休。也許詩人出身美國科羅拉多州立大學「森林與集水區」研究所，又是水土保持專家，出版詩集的名字不是「林」便是「山」──詩集除了《回到林間去》（林業試驗所1999），更有《山》（純文學1977），《澗水淙淙》（九歌1998），《雪嶺》（未來書城2003）；散文集如《落磯山下》（藍星叢書1968），《悠悠藍山》（洪範1985）等。夏菁的詩明白易懂，「親和無隔，如沐清風」。較為嚴苛的評語，如白萩書評說的：

作者有的是形象，有的是聲音，但他無法走進那幕後，他缺乏自覺的深思，色彩把他迷住了，聲音把他迷住了，他祇站在自然的畫前唱出他的讚歌！

早年口號詩充斥的時代，夏菁即主張詩要自由抒發；另一詩觀是重視「詩的可讀性」，認為：「用字不妨經濟、淺近，內容則需新銳、深遠」。處於喧囂的工商時代，夏菁選擇一角「靜靜的林間」作為獨自散步的地方；他不像紀弦作野人嘶喊狀，文字簡約平和，於藍星詩群中自有一番淡泊蘊藉胸懷。不事喧譁，細水長流，其實也是一種別緻的風格。

夏菁是「藍星詩社」成員，本名盛志澄，旅居美國多年是糧農
水土保持專家。

楊喚《風景》

「楊喚詩集」初版本

現代詩社初版（1954年）／光啓再版（1964年）

楊喚（1930～1954）車禍去世後六個月，朋友合力整理他一生詩作由「現代詩社」出版，書名《風景》。誕生於1954年9月的初版本十分珍貴稀有：當年只印一版，初版一千五百本「連送帶賣，很快地就光了」。紀弦說他太窮又太忙，心有餘而力不足，便一直沒有再版。直到十年後好心的「光啓出版社」才因應讀者需求，改書名為《楊喚詩集》再版發行，天才詩人聲名隨之大大提昇。

但出版歷程無論怎樣變化，總也比不上作者一生的傳奇曲折。

二十五歲便結束了青春璀璨的一生。好友至今從書信認定：他不是車禍，是厭世臥軌自殺。

楊喚本名楊森，遼寧興城縣人。1949年隨部隊來到台灣，陸軍上士文書，負責設計標語壁報，常窮得餓肚子。他能畫，更寫得一手好詩，尤其清新雋永的兒童詩。雖身後留下童詩不過二十首，卻是《風景》裡最亮眼的部分。

> 一個善良的年輕靈魂，用一顆天真的詩心來為孩子們歌唱，……樸實的形式，美麗的形象，再加上深刻優美的內容，還有誰的童話詩可以媲美楊喚的？

司徒衛評語寫得好，還有誰能如此簡明生動點出楊喚在台灣詩史地位的？

數十年來其作早已膾炙人口，成為兒童詩創作典範。他從小失去母親，一生坎坷，創作童詩成了他「對淒苦童年的憑弔和補償」（林文寶語）。那鮮艷明亮充滿想像力的童詩，總像魔術一般把我們吸進文字宮殿裡，例如〈水果們的晚會〉

> 窗外流動著寶石藍色的夜，／屋子裡流進來牛乳一樣白的月光，／水果店裡的鐘噹噹地敲過了十二下，／美麗的水果們就都一齊醒過來，

雖去世多年，楊喚迷人的詩句一直傳誦不絕。《風景》雖是「夢幻逸品」難得一見，但光啟版詩集除了書名，內容其實一模一樣，還多了九首詩。全部詩作分成「抒情詩」、「童話詩」兩輯，第三輯是好友的回憶文章。是的，讀《楊喚詩集》同樣讀得到天才詩人從裡到外一幅完整《風景》。

18-1

18-2

18-3

18-1 《風景》初版於1954年，詩人逝後由詩友合力整理出版。
18-2 初版印數1500冊見版權頁。
18-3 1964年由台中「光啟出版社」重排再版，改名:《楊喚詩集》
　　　內容比初版更加完整。

雲一般的魅力

鄭愁予《夢土上》

台北：現代詩社初版（1955年）／詩集

關於鄭愁予（1933～）早期詩風格，成名同樣早的瘂弦，以詩一般的文字形容，評論最是到位。他說：

> 鄭愁予的名字是寫在雲上，他那飄逸而又矜持的韻緻，夢幻而又明麗的詩想，溫柔的旋律，纏綿的節奏，與貴族的、東方的、淡淡的哀愁的調子，這一切造成一種魅力，一種雲一般的魅力。

中文世界文藝愛好者，誰不認識鄭愁予？當代文壇致力新詩創作，像鄭愁予這般天時地利，享受高知名度的例子，歷來文壇並不多見。此魅力與優勢從何而來？其中奧祕，按詩人楊牧的解析，是他「能以清楚的白話」，為廣大讀者「傳達一種時間的空間的悲劇情調」。一般讀者不知道的是，那些受歡迎的名篇，像〈野店〉、〈小小的島〉、〈如霧起時〉、〈錯誤〉、〈賦別〉及著名的〈夢土上〉，其實在1955年第一部詩集裡都已經寫出來了。這一年，他不過二十二歲。

在鄭愁予第一本詩集《夢土上》的後記裡，我們隱隱聽得到年輕詩人興奮的心跳：

> 在如此美的日月山海之間我生活著而且寫著詩，我需要的是進步……那麼，寫至此，這篇後記就算是請束吧，敬邀朋友們在暇時不吝指教地蒞臨我的「夢土上」，越早越好。

看到這裡，讀者怎能不欣然受邀呢？以下便是音律、情境皆美，同書名的詩篇：

> 森林已在我腳下了，我底小屋仍在上頭，
> 那籬笆已見到，轉彎卻又隱去了。
> 該有一個人倚門等我，
> 等我帶來的新書，和修理好了的琴，
> 而我只帶來一壺酒，

因等我的人早已離去。
雲在我底路上，在我底衣上，
我在一個隱隱的思念上。
高處沒有鳥喉，沒有花臉，
我在一片冷冷的夢土上……
人們都說怕寂寞；
豈不知這兒的寂寞怕我。

　　此處須加一行小註。新版各選集，此詩「結尾兩行」已作修改——修改版將最後兩行刪
去，換成本詩開頭的兩行。也就是說：這首詩新版「末尾兩行」與「開頭兩行」一模一
樣，造成一種首尾環繞銜接的「歌謠效果」。這裡引的是未修改前的樣貌，一來存真，二
來前述「邀請」也出自首版。重現「初稿」豈不更能感受詩人夢土上的原初心境？

19-1　詩人鄭愁予著名的詩篇，在1955年初
　　　版的《夢土上》幾乎都已出現了。
19-2　洪範書店1996年出的同名詩集內容不
　　　同：這本50開小冊只有薄薄56頁。

19-1

19-2

我的憂鬱是人們所不懂的

周夢蝶《孤獨國》

藍星詩社初版（1959年）／楊英風（封面設計）／詩集

「孤獨國」三字，不單是書名。在台灣文壇，已是詩人周夢蝶「註冊商標」，專有名詞。2014年5月1日夢公辭世，報紙用「孤獨國國王」作標題。「孤獨」而能成國、當王，說明他靜靜坐此王位多年，年深月久地寫詩、讀經、臨帖，不僅善於治理且安之若素。但看他傳奇身世背景：1921年在河南一出生，父親已然去世，不但是獨生子，他還是孤伶的遺腹子。1948年隨軍隊來到台灣，一樣孑然一身，無妻無室直到謝世。他早早留下遺言：

> 我一個人在台灣，其一切生活所需，皆取之於朋友和國家；死之日，一火了之，餘無所囑。

國王早已看破生死無所掛礙。

「孤獨國王」另一層意思是，無人同享他的世界。詩集中有首詩描寫「雲」，詩以言志，更是描寫自己：

> 永遠是這樣無可奈何地懸浮著，／我的憂鬱是人們所不懂的。

他和雲一樣「沒有家，沒有母親」，不知「昨日的根託生在哪裡」，也不知明天「又將向何處沉埋」。《孤獨國》出版於1959年，收入五十七首詩，作者此時四十歲不到，正達壯年。詩人終究抱著怎樣一種孤獨情懷？如何又為何走上寫詩這條不歸路？書扉頁援引印度詩人奈都夫人名句──「以詩的悲哀征服生命的悲哀」；短短詩句，大大傳達了他寫詩的緣由，也涵蓋整部詩集的主題與風格。

人稱周夢蝶「詩僧」。讀完詩集你將發現，孤獨國裡坐著的，果然「外冷內熱」，是一位身披袈裟的多情詩人。其詩風看似孤寒冷峻，內裡其實藏著癡戀與悲憫。詩人時常為情所苦、為愛欲受折磨，也為人類無可避免的大災難憂心。這是他

常被引用的詩句：「讓風雪歸我，孤寂歸我／如果我必須冥滅，或發光──／我寧願為聖壇一蕊燭花」。余光中說：「他的悲情世界接通了基督、釋迦和中國的古典」，簡捷概括了他的內在精神與特殊詩風。

　　薄薄一本《孤獨國》同樣可分一冷一熱兩大脈絡：一脈寫詩人的孤獨、寂寞，遠離人群的精神世界；另一脈寫他紅塵愛戀、踟躕與牽掛。周夢蝶所以受人景仰，應是他用一輩子生命在寫詩，以詩說法。他常題句：「事求妥貼心常苦」，可知他多麼體貼細膩；晚年以書名表白心跡：「不負如來不負卿」，可知何等謹慎又多情。藝術家楊英風用一尊拉長比例的佛像雕塑作封面，既表現詩集禪味，又散發出肅穆、孤獨的意境，紅花綠葉，達到裡外和諧的效果。1950年代詩集印量本來稀少，《孤獨國》早已成書海奇珍。然而外在形體有時而盡，內在詩魂當隨著夢公羽化成星，掛在文學史長廊，永不殞落。

20-1

20-2

20-1　周夢蝶用一輩子的生命寫詩，第一本書出版於1959年，楊英風設計封面。
20-2　《還魂草》1965年文星書店初版，此為1978年領導版，附《孤獨國》裡的二十二首詩。

那串北方的紅玉米

瘂弦《瘂弦詩抄》

香港國際公司初版（1959年）／詩集

「第一本書」如果以「台灣出版」為準，書名才是《瘂弦詩抄》；如果算上香港出版，那麼瘂弦第一本書的名字，應該是：《苦苓林的一夜》，靈感來自徐志摩《翡冷翠的一夜》，1959年9月由香港國際圖書公司出版。讓人好奇的是：同一本書怎麼出現兩個名字？

目前市面流通的「洪範書店」版書序裡，作者交代了詩集最早的出版過程。原來《苦苓林的一夜》當年交香港出版成書後，其中三百冊打包郵寄運送台灣。由於戒嚴時期郵件管制嚴格，此書因台灣入關手續繁雜，竟然擱在海關長達半年，「等取出來時，封面都受潮腐壞了」。

好在大多數損壞的只是外皮。在那物資匱乏，紙張管制的年代，詩人於是發揮藝術家創意，自己動手設計封面，把毀壞的封面脫去，將兩百多本重新換裝，改名《瘂弦詩抄》，僅寄贈親朋好友，並未流傳坊間。難怪詩集在舊書市場一冊難求，價格昂貴。

在當代台灣詩壇，瘂弦以詩韻甜美著稱。雖然很早就停筆不寫，但他早年詩作帶有一股「迷人的存在主義風格」，善於刻畫人物並借用戲劇手法，寫出一代失鄉人的身影與心境，呈現1950年代自大陸流落台灣，北中原文人的憂鬱與苦悶。引他一首〈紅玉米〉其中數行，讀者不難體會詩中象徵手法與活潑的口語風格：

宣統那年的風吹著／吹著那串紅玉米／它就在屋簷下掛著／好像整個北方／整個北方的憂鬱／都掛在那兒

瘂弦本名王慶麟，1932年出生於河南，1949年隨國民黨軍隊來到台灣。政工幹校影劇系畢業，擔任台北「聯合報」副刊主編多年，退休後移民加拿大。早年與洛夫、張默等創辦「創世紀詩社」出版詩刊。1960年代擔任救國團旗下《幼獅文藝》月刊主編——從詩刊、文藝雜誌到報紙副刊，他在上世紀七、八〇年代持續占有主流文壇重要編輯位置。戒嚴時期，黨政背景

大報副刊可說是文壇核心，瘂弦的主導位置使他在台灣戰後文
壇思潮上發揮了不小的影響力。

21-1

21-2

21-3

21-4

21-5

21-6

21-7

21-8

21-9

21-10

21-1《苦苓林的一夜》1959年9月香港國際圖書公司初版，是
　　所有瘂弦詩集最早的版本（書影由林冠中提供）。
21-2《瘂弦詩抄》與前書內容完全相同，只是換了封面及書
　　名。
21-3《深淵》眾人出版社1968年初版。
21-4《深淵》晨鐘出版社1970年再版。
21-5《深淵》晨鐘出版社1971年三版。
21-6《瘂弦自選集》黎明文化公司1977年初版。
21-7《瘂弦詩集》洪範書店1981年初版。
21-8《瘂弦詩集》洪範1998年初版六印，王景苹封面設計。
21-9《深淵──瘂弦詩集》日譯版，松浦恆雄編譯，2006年
　　東京思潮社。
21-10《瘂弦詩集》2010年洪範書店重排新版。

新視覺塑造者

碧果《秋・看這個人》

創世紀詩社初版（1959年）／詩集

1959年出的現代詩集，當年印量本來不多。首度「撞見」藏家口中這部絕版夢幻逸品的人，多能感覺一股「現代主義氣味」撲面而來。1950年代末沸沸揚揚「台灣現代主義」詩壇，不，詩集，就該長這樣子吧——有著傲然不群、與眾不同、桀驁不馴的面貌，充分搭配碧果早年「個人私語」式的，難解難懂的早期詩風。

《秋・看這個人》薄薄三十六頁，二十五開本，收入現代詩十八首，馮鍾睿封面設計。特別的是，詩行裡作者自配插圖，「詩中有畫」，更添視覺效果。時序才四月，不妨「春・秋」偷換，來「看這個人」——碧果。本名姜海洲，1932年在河北出生；1951年隨軍來台。他寫詩甚早，1961年大業初版《六十年代詩選》即介紹他是「異軍突起的新銳詩人」。「創世紀」同仁張默曾詳加描繪：

「碧果，一個怪傑，一個新視覺的塑造者，一個詩藝術的工程師，一個攀登語言峰頂的年輕老叟」（聯合文學1996年）。

如果這還不夠具體，詩評家白靈的速寫同樣傳神：

> 碧果是語言世界中的達利，卻是孤寂的先行者。他的身上混同的是少年的李金髮、中年的馮至、老年的夏宇。…對文字充滿了叛逆、敵對和不信任感。

評論家固然寫得天花亂墜，冠冕堂皇，若與詩壇「超現實主義」詩人系譜如商禽、洛夫相比，碧果的知音還是太少。閱讀胃納不錯的我讀完一遍的體會是，嗯？這不正是1970年代前後被批得體無完膚，「晦澀難懂・荒謬虛無」的代表性文本？陳映真筆下：「蜷縮在發黃了的象牙塔裡，揮動著頹廢的白手套」，被他痛批抹黑，不，抹白的「台灣現代詩」嗎？

給說得那麼可怕其實另有它可愛的一面。一行一列，作者認真組織著奇詭意象，用力雕塑其玄思異想。但就像掉了滿地的炫麗珠子，少了一條將他們串成主題或意義的線——外殼雖閃亮好看，終究表達了什麼主題，只好請讀者自己猜謎。以下是

與書名同題詩的前段：

終於，癱瘓了。／／那枯枝／那憂鬱的長髮啊，蓬亂的／繫著一些風的語言／哦，那昂首凝視星空的神情喲／乃如一座飄著細雨的土城。──

　　碧果以後的詩風已漸明朗好讀，然而是否即意味著詩人已越來越不「現代」呢？這不好說。能確定的是「看這個人」在他各部詩集裡「最現代也最好看」──我說的是封面。

創世紀詩人碧果第一本詩集，1959年印行。

第一段落的告別

魯蛟《海外詩抄》

黃埔出版社初版（1960年）／詩集

已經出版十幾本散文集，都是用本名「張騰蛟」，只有發表新詩的時候，用筆名「魯蛟」。他的詩齡很長，詩集也最早出版，然而詩的出版數量遠不及散文。

寫詩十年，才出版薄薄五十四頁第一本詩集。共收短詩四十四首，其中的二十一首全發表在林海音主編的聯合副刊上。謙虛的魯蛟，雖然心裡感謝林先生給予極大鼓勵，也常在文藝場合看到這位受人尊敬的文藝前輩。但個性木訥的他，「真正向她報名問好，還是二十多年之後」在一次團體集會活動上。

書名何以取為「海外詩抄」？自序言道：

> 在詩的國度裡摸索了十年，還是沒有申請到國籍，仍然是在東搖西撞地摸索。

但終究把詩集印出的原因，則是對自己「在詩的大道上所走的第一段落的告別」。張騰蛟祖籍「山東高密」，與得到諾貝爾獎的小說家莫言是小同鄉，1930年生。成長期正逢中國動亂的戰爭年代，二十歲以前的歲月，因而「塞滿了戰亂和驚恐、苦難和貧困」，也失去該有的正規教育，文學成果全靠自修得來。半生服務於軍旅的他，退伍後轉任公職，曾任行政院新聞局主任祕書。戰亂年月，他到十二歲才有機會讀書，先插班五年級。畢業後到外地讀中學，而時局動盪學校解散，十七歲起即流浪異鄉，正規教育可說零碎不堪。

但他總不願拋棄書本，1947年即使淪落青島，在街頭叫賣糖果維生，仍利用休息時間讀書。少年時期因戰亂帶給他的流離驚恐，人類生命脆弱而卑賤的悲慘感受，反而鍛鍊他韌性的生命原則。來台灣之後，一開始是迷於詩，「全神熱中於新詩的現代化」，1956年還加入紀弦宣布成立的「現代派」成為創始會員。自此對現代詩，「便有如崇信一種宗教那樣的狂熱著」。

關於第一本書出版經驗，魯蛟的例子堪稱特別。別人是「踏出第一步」以後，便越寫越多；相反地，他在1960年出了《海外詩抄》後，一股寫詩熱勁漸漸冷卻下來。原因是他對詩壇的爭吵「產生了厭倦，對創作上的某些歪風感到不滿。」張騰蛟再次出版詩集時，已經是三十五年之後──直到1995年他才由「聯亞出版社」推出第二本詩集《時間之流》，這期間他已出版散文集十三本，小說與傳記各三本。

寫散文的「張騰蛟」即寫詩的「魯蛟」；海外指「詩國度」以外，因詩人自認尚未申請到詩國的「國籍」。

葉珊《水之湄》

一種寂寞的甜味

藍星詩社初版（1960年）／詩集

筆名更換牽涉詩風轉變，因此不能以如今慣用的筆名「楊牧」，必須說：「葉珊第一本詩集」。是的，光看這三字「水之湄」就非常葉珊。若能一字一字念出聲來：水─之─湄─，對於「葉珊時期」追求音律之唯美風格更能體會，更加有Fu。宜乎評家認定此書：「主調是抒情的，易於吟誦」，風格是唯美的，總是令人悸動。

楊牧是當代文壇重鎮，本名王靖獻，台灣花蓮人。既是知名詩人、散文家，又在國內外大學多年任教，翻譯與評論文字同樣成果豐碩。詩集問世迄今已五十四寒暑，如何評斷大詩人早年少作？有句形容詞特別到位──說它「有一種寂寞的甜味」。何處覺得如此佳句？其實引自楊牧1977年文章。且看〈水之湄〉一詩的頭兩句：

> 我已在這兒坐了四個下午了／沒有人打這兒走過──別談足音了／／（寂寞裡──）／／鳳尾草從我袴下長到肩頭了／不為什麼地掩住我

與1950年代來台軍中詩人緬懷大陸山河的題材不同，楊牧懷裡是洶湧的太平洋、奇萊山與針葉林，是薔薇、星夜，或者「港的苦悶」。他是早慧的詩人：《水之湄》乃中學時期作品──十六歲便開始寫詩，出詩集的時候才進東海大學不到一年。五月出書，九月從歷史系轉入英文系。二十歲的大一學生即印行詩集，足見中學生涯累積了可觀詩作。

出道早，剛從花蓮高中畢業已名列《創世紀》詩刊編輯委員。和許多現代詩人一樣，早年對學校功課不大在乎，比較專心聽「飛鳥的聲音，風的聲音，海浪的聲音」，從而築起少年專屬的浪漫世界。此書「版權頁」有如「身分證」般，提供主人的出生背景資料：楊牧父親當時經營印刷業，詩集就是在父親的印刷廠出生的。「著作者‧葉珊」花蓮市地址之外，有「印刷者‧東益印書館」地址，二者相差僅兩號，足見就在隔壁。封面則是詩人專程由台中北上，請《豐年》美術編輯楊英

風設計。藝術家潑墨式自由揮灑，藍水花奔放跳躍的抽象畫，愈加突顯年輕葉珊的前衛現代詩風：

在雨影地帶，在失去我的沿循的
刹那。星是唯一的響導

本書後記有句話，呈現年輕詩人的成熟詩觀：「詩必須是沉思和默想後開出的花」。其詩藝終能登峰造極，是否從第一本書裡已露出端倪。

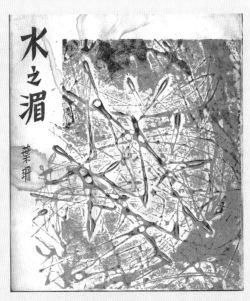

《水之湄》主調抒情，風格唯美，是「葉珊時代」第一本詩集；1960年問世時作者還是東海大學大一的學生。

門或者天空

商禽 《夢或者黎明》

十月出版社初版（1969年）／書林增訂新版（1988年）／詩集

詩人商禽2010年6月辭世，享年八十一歲。

作為台灣現代詩壇重量級詩人，他有幾種不一樣的頭銜。

瘂弦說：「他是最具超現實主義精神的詩人」。

上世紀六〇年代著名詩評家李英豪說：他是一隻「變調的鳥」，一個絕無僅有的鬼才；「他的詩不是主義，不是知識，不是逃避，他的詩不是其他什麼」。

那到底是什麼呢？原來，他是文字國土上一位真真正正的創造者──引張默的話，他是：「徹頭徹尾的創造者，而非蕭規曹隨的因襲者」。他精緻、綿密地揀取最適當的語言，呈現不同的生命風景。另外，在戰後台灣詩壇，他更是「散文詩」這一特殊文類的開山祖師，不論出生比他早或晚的當代詩人，在這一文類上要超越他的成績很難。

同輩詩友當中，商禽開始寫詩最早，卻因下筆謹慎，產量不算多，印刻版《商禽詩全集》收入他全部詩作也不過一百多首。第一本詩集：《夢或者黎明》是在好友辛鬱主持之「十月出版社」出版的。沒料到隔年碰上「葛樂禮」大颱風橫掃台灣，堆在辛鬱台北家兼倉庫的書搶救不及，全部「泡湯」，出版社只好也跟著泡湯──出版社是幾個詩人朋友湊錢合辦的，商禽正是股東之一。由於出的都是純文學作品，書報商認為滯銷品不肯代發，書因此大批大批都堆在辛鬱住家角落。大水一淹進來，開張才兩年的出版社不得不壽終正寢，宣告結束。這也是《夢或者黎明》「十月」初版本之成為藏書家口中夢幻逸品的由來。舊書網拍市場曾標出數萬元售價，看情形還會越來越高。

也許有人會問，什麼叫「散文詩」？什麼是「超現實主義」。這些冷僻的術語看起來頗為嚇人，只怕長篇大論也不容易解釋清楚。還不如讀一首商禽著名短詩〈長頸鹿〉，很快就能明白：

那個年輕的獄辛發覺囚犯們每次體格檢查時身長的逐月增

加都是在脖子之後，他報告典獄長說：「長官，窗子太高了！」而他得到的回答卻是：「不，他們瞻望歲月。」／／仁慈的青年獄卒，不識歲月的容顏，不知歲月的籍貫，不明歲月的行蹤；乃夜夜往動物園中，到長頸鹿欄下，去逡巡，去守候。

商禽曾說，他的詩不是什麼「超現實」，而是「超級現實或更現實、最最現實」。1988年增訂新版的序言說，這部詩仿如「自己逃亡的足跡」。他的大半生都在「逃亡」，先是軀體而後精神。然而，他「怎麼也逃不出自己」，姑無論是「門或者天空」抑且「夢或者黎明」。

大概這就是有如一句「問句」的書名的由來吧。

25-1

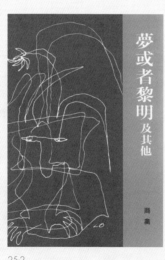

25-2

25-1《夢或者黎明》初版於1969年，交一群軍中詩人合辦的「十月出版社」印行。
25-2增訂版1988年由書林出版公司印行，封面繪圖：商禽。

生活由衷之言

鄭烱明 《歸途》

笠詩社初版（1971年）／詩集

從《文學界》到《文學台灣》，由一群醫師作家結合的刊物，長期以來為本土文壇在南方拉起燦爛燈火。《文學台灣》季刊及基金會主持人鄭烱明醫師正是核心人物之一。出身高雄醫生世家，他念雄中便開始寫詩。大學考進中山醫學院，近水樓台，而因緣際會地加入以台中為大本營的「笠詩社」。課餘常到桓夫（陳千武）家，前輩詩人多在此聚會討論編務。第一部詩集《歸途》便在「笠詩社」出版，集內一半以上詩作在《笠》詩刊發表，且以「二十詩鈔」為總題。這些「二十年華」青春作品，引起陳千武、白萩、陳明台等笠同仁的注目，尤其不少詩作被認定為「新即物主義」風格作品，給隸屬「新世代」笠成員的他不少鼓勵。

1971年出版《歸途》時作者才二十三歲，大學還沒畢業。白萩在序言，從其詩語言預測他「做為一個詩人能力的光彩是閃閃欲現的」。全書收入三十首詩，從裡到外，從書封到文字風格都非常樸實，是作者「精神活動的一段紀錄，赤裸裸的生活由衷之言」。〈後記〉還有兩段話，是作者對新詩的理念和看法，至今未改，值得抄錄：首先，「用時代隔閡的語言寫詩，那是逃避的文學，寫現實中沒有的東西，那是欺騙的文學。」其次，「嘗試用平易的語言，挖掘現實生活裡那些外表平凡的，不受重視的，被遺忘的事物本身所含蘊的存在精神，使它們在詩中重新獲得估價，喚起注意，以增進人類對悲慘根源的瞭解。」

作者自稱，因為《歸途》的出版，知道了「什麼是詩，要寫怎麼樣的詩」。這本書對他之後走上詩的道路有重要意義。

詩　集

歸　途

鄭烱明 著

笠 詩 社 出 版

1971年出版《歸途》時作者才二十三歲,尚未從中山
醫學院畢業。

求新不忘古典

羅青《吃西瓜的方法》

幼獅文藝社初版（1972年）／麥田新版（2002年）／詩集

不要懷疑，它就是一本詩集的名字。

《吃西瓜的方法》是羅青第一本書，由「幼獅文藝」推出時他才二十四歲，但來不及看見它成書上市，就先飛到美國西雅圖去讀碩士。書名的緣故，不論新版舊版，常被書店人員放到食譜類的書架上。

長久以來都說詩集是書市冷門，是票房毒藥。為打破這刻板印象，聰明的詩人拿出各種因應策略，其中之一，便是把書名取得辣動、怪異。事實證明羅青是成功的，「幼獅文藝版」不只一種封面，它至少印了四刷。

除了策略，還有運氣。詩集出版不久，余光中寫了篇一萬多字的讀後感兼評論登在雜誌上。余教授不單寫而已，還給詩集高度評價。題目叫：「新現代詩的起點」，說羅青在台灣詩壇出現，「象徵著六十年代老現代詩的結束，和七十年代新現代詩的開啟」。還說：在羅青身上，看得出「現代詩運如何運轉，如何改向，如何在主題和語言上起了蛻變」；而這本詩集出現，雖「沒有宣言或論戰」，卻像是一場不流血革命，只是他「這麼一陣無痛的分娩」，沒有引起詩壇普遍注意而已。詩人寫起評論來，譬喻翻飛，真真不是蓋的。

另一種說法，認為就因為書店錯將詩集放在食譜類，所以才「誤打誤銷」一口氣能賣掉四版。羅青自己說，能放在食譜旁邊也不錯，「詩人不能以名詩流傳後世，至少也應該以『名菜』如太白雞、東坡肉，永垂不朽」。不管效果如何，這本書名確是作者「打死不退」，堅持非用不可才有的結果。羅青第一本書收入他寫詩三年來的大部分創作，自1969到1971年間，大多刊在瘂弦主編的《幼獅文藝》月刊。由於瘂弦同時主管叢書部門，當然也是此書的催生婆，不，該說是催生公。他原主張書名用另一首詩的題目：「夢的練習」，覺得它比較能讓一般讀者接受。

但作者堅持，書名若不是「吃西瓜的方法」的話，那這本書也不必出了。原因是：這六個字的內容，「正好代表了我當時的詩觀，同時也觸及了我創作的本質」。很玄妙吧。且聽聽作

者接下來的解釋：「吃西瓜時，首重『吃』的欲望，如根本不想吃，則西瓜也就等於不存在。創作時也一樣，如心中無感觸，無感情要表達，題材也就化為烏有，不再有任何意義」。

如果你仍然搞不懂：西瓜與創作之間到底是什麼關係，那也不要緊，從作者如何自己動手設計封面，還可以找到一點線索。幼獅初版本用藕荷色作底，一行行反白字跡，取自宋版杜工部集〈秋興八首〉那一頁。當時影印還不發達，為了封面，羅青特地到書店買了上下冊杜工部集，忍痛將「秋興」那頁割下來以供製版。為什麼一定要用杜甫詩句作封面呢？原來書中好幾首組詩的「結構觀念」源自於杜詩，如此設計作者表示是「求新不忘古典」。

1978年幼獅四版改了封面，由楊國台設計，「現代」詩集外觀一樣走「古典」風格。到了2002年麥田版，封面由綠色變成紅色，重排的內頁字體也放大不少。封面保留初版杜詩痕跡，作者稱它是「三十周年紀念版」。然而與幼獅版相比，很可惜它缺了每卷卷首原有的「阮義忠插圖」。以粗黑、變化多端線條，組合出四種不同人臉的插畫非常有特色。反覆欣賞各版「吃西瓜」的同時，也明白好多人非要收集到初版本是有道理的。

27-1

27-2

27-3

27-1 幼獅公司1972年初版本以藕荷色作底，一行行反白字跡，取自宋版杜工部集〈秋興八首〉那頁，乃作者自行設計。
27-2 1978年幼獅四版封面，改由楊國台設計，「現代」詩集外觀一樣走「古典」風格。
27-3 2002年麥田出版社重排新版，封面保留初版杜詩痕跡，作者稱為「三十周年紀念版」。

諷刺和反諷

陳黎《廟前》

東林文學社初版（1975）／詩集

從第一本詩集出版於1975年推算，陳黎詩齡已有四十年。詩壇上資歷相當的人不少，始終維持穩定創作量者不多。自詩集《島嶼邊緣》以降，陳黎寫詩還寫散文，近五年且維持一年一本詩集的出版速度。

《廟前》收集他在大二、大三兩年發表的最早詩作五十三首，全書分成四卷：「水鄉」、「西遊記」、「古今英雄傳」、「廟前」。卷名標題，多少透露他學生時期喜愛鄉土題材，以及後來發展得愈加成熟的，對現實社會的諷刺批判。陳黎本名陳膺文，花蓮人，二十一歲出書時，還在師大英語系最後一年，寫作地點總不離花蓮台北兩地。這時尚未出校當英文老師，而本名「膺文」與「英文」諧音，人生果有各種巧合。

若問「廟前的世界」是怎樣的世界？1976年即出書隔年，張芬齡已在《大地詩刊》寫書評做了最佳詮釋。她說「諷刺和反諷」是整部詩集明顯的技巧架構。又說陳黎「用赤裸鮮活的意象，把許多現象荒謬化或者喜劇化」，以諷刺手法，悲憫胸懷處理其筆下的小人物。就這一點看，陳黎與同屬花蓮的前輩小說家王禎和，真有異曲同工，主題類似的相投氣味。我們看〈廟前〉頭兩句：

> 我們的乾渴，跟著撥出廟外的一盆水在正午發
> 燒的水泥地上憤怒得舞爪張牙。

便知其意象如何生猛鮮活。陳黎在〈後記〉說：「我的作品有不少是寫實的。寫實並沒有什麼不好，要緊的是怎樣才能使寫實的作品讀來更具藝術性」。這句話對今天學習寫作的年輕人依然合用。

陳黎早期詩作描寫人物，常凸出苦難者或抗議者形象，也曾被評論家定位成「接續現實主義傳統」的詩人。然而詩人詩風總是不斷改變的，單是第一本詩集從卷一到卷四，題材風格已有「相當程度的差異」（後記）遑論其他。最後，該說一下

「書名典故」。詩集取名「廟前」，除了一般原因，另有私人理由。陳黎說：「從小在花蓮，家就住在廟的前面」。我們常說第一本書自傳性很高，原以為單是說散文小說，原來詩集也不例外。

陳黎是花蓮人，擅長以諷刺筆法描繪鄉間小人物，正如小說家王禎和。1975年自費出版。

詩集與畫冊

羅智成《畫冊》

鬼雨書院（以夜為冠叢刊1）（1975年）／詩集

少數同輩稱他「羅某」，大多數年輕粉絲稱他「教皇」——無論怎樣三進三出於新聞界、官場，寫詩的羅智成依然是文青眼中魅力無窮，詩之密教的「教皇」。他從「師大附中，台大哲學系」的學生時代，便在校園裡組織詩社創辦詩刊，所以是同輩詩人裡，最早出第一本詩集的詩人。沒錯，「第一本書」名氣很大，很多人常提起，卻極少人見過這本《羅智成詩集：畫冊》，早早在1975年，也就是四十年已經出版了，那年詩人才二十歲，而且是自己設計，自己編輯畫圖，自己出版。單看他小小一塊「版權頁」就夠有創意了：發行者是「鬼雨書院」，且編為「以夜為冠叢刊」第一號。

也許自認是高中時期的青澀作品，也許嫌這書花樣多題材雜，總之，羅智成後來的各冊詩集都再版了，唯獨這本無法「重見天日」，造成此書多年來成為「流傳江湖」一則傳奇。但《畫冊》確實無愧於「夢幻逸品」的美名——從裝幀到內容，在在呈現作者於詩文美術思想各方面的才華。正如楊宗翰所寫，詩集是「羅智成一筆一畫，以詩句、手札及素描呈現出自己視域中的『世界』形象。」即使四十年後回頭看，從自序到目錄，每頁的版面，該留白的，該插圖的，無不精緻、氣派，並且脫俗。序言這麼寫著：

我一直靈活地應用詩作的型式以適應任一心態。

最後一段說：「總之，這冊子的詩我都喜歡過，他們被印出，現在，它們又成了我的負擔」。四十年前印刷工業，還是很落後的手工撿字排版，此書序文最後竟是不嫌麻煩地，作者以簽名手跡製版印出。目次頁也十分講究：大大一幅畫置於目次上頭，這畫的畫面架構兼具古典與現代，線條既抽象又寫實，尤其正中間畫著長長一支樑柱，彷彿地上長出一隻手來，很有「超現實」風格。目錄排法也大有創意：故意做成上下兩欄，「頁數」的號碼於是像圖飾一般把題目圈在中間。題目看

起來整齊成列，卻有高有低，上下對照竟如山水倒影，煞是好看，可以想見每一頁都做了精心設計。書頁間不僅畫了許多插圖，更不簡單是加入兩頁整版，以稿紙手跡的原稿製版。

用一川寒水還妳倒影還我憂鬱
我的下一首詩將是十分溫柔而古典的

　這首詩題目：〈髮際〉。頭兩句就美到不行，旁邊還加了注音符號。現在大多數作家已經用電腦寫文章，稿紙已越來越少見。一般人當然看過空白稿紙，恐怕很少看過寫在稿紙上的，有注音的手稿吧？將羅智成四十年寫在稿紙上的手跡展示出來，如此美麗又有創意的第一本詩集，實在不應該任其絕版呢。

29-1

29-2

29-1　詩集《畫冊》由作者自己設計封面及內頁文字版型。
29-2　詩集封底。

新竹：楓城出版社初版（1976年）／遠景出版社再版（1979年）／詩集

田水冷霜霜

吳晟《吾鄉印象》

許多讀者認識「田埂上的詩人」吳晟，緣於國中課本收入他一首〈負荷〉，詩中流露為人父者對兒女的溫厚柔情。從來親情題材入詩，最能引發大眾共鳴，另有散文〈不驚田水冷霜霜〉描繪農民田間辛苦，同樣樸拙坦率，誠摯不造作的語言，對土地的關愛，對生活的嚴肅態度已是吳晟文學的特有風格。

讀其詩須認識其人，資訊發達社會，作者生平資料隨手可得但作品普及，到處見到的卻是制式的詩人簡介：「吳晟本名吳勝雄，1944年生。世居彰化縣溪州鄉。1971年屏東農專畢業即返鄉擔任溪州國中生物科教師，課餘陪母親下田，1995年退休……」雖然頗實用地提供詩人成長背景、身分職業，讀者不難想像他忙於農事，一邊致力新詩創作的耕讀生涯，然而這樣的「簡歷」看不到詩人在文學史上的重要性，在現代詩壇占有怎樣的位置──除非把鏡頭聚焦於吳晟的第一本書，尤不能省略它在文壇初亮相的時間，及此後各版本。

第一本面世詩集：《吾鄉印象》初版於1976年，由新竹「楓城出版社」印行，在詩集還是「票房毒藥」的年代，能短期內再版，既說明它引起文壇注目，也顯示楓城創辦人周浩正的敏銳眼光。熟悉台灣現代詩史的人該記得：1972年唐文標以一篇〈僵斃的現代詩〉痛批詩壇一片模仿西方、迷離夢幻、未與腳下土地認同的詩風，這是著名的「現代詩論戰」鳴槍起跑，接著1978年文壇即昇起「鄉土文學論戰」烽火，可知「吳晟鄉土詩」出現於火熱的鄉土論戰之前。

唐文標並不認識吳晟，但評家認定：「等到像吳晟這樣的詩人出現，鄉土詩才有了明確的面貌」，證明鄉土文學作品走在思潮的尖端。吳晟高中時代已開始發表新詩，讀農專二年級的1966年，自費印過薄薄一本詩集《飄搖裏》，只是印量不多沒發行而已。繼楓城版《吾鄉印象》之後，1979年即由「遠景」推出可稱再版本的《泥土》──再沒有誰的詩集，用「泥土」當書名會像吳晟這樣「宿配」了。他的詩有如印在農村田埂上的泥巴腳印，裡面積存的，都是鄉下人安份無甜味的汗水。我們終於明白何以《台灣文學史》冠他以「鄉土詩人」的頭銜。

30-1　　　　　　　　　　　　　30-2　　　　　　　　　　　　30-3

30-4　　　　　　　　　　　30-5　　　　　　　　　30-6

30-1 首部面市詩集《吾鄉印象》1976年由新竹：楓城出版社初版。封面設計：任凱濤。
30-2 楓城版《吾鄉印象》1977年再版。
30-3 1979年遠景版《泥土》可稱《吾鄉印象》的增訂版。
30-4 洪範書店1985年重新整編吳晟詩集三種，此版《吾鄉印象》內容與楓城版不同。
30-5 1966年吳晟最早自印詩集《飄搖裡》（書影由吳晟提供）。
30-6 最早詩集的版權頁。

樹與微笑

向陽《銀杏的仰望》

自費初版，詩脈詩叢第３號（1977年）／修訂再版（1980年）／詩集

在2015年電視節目「飛閱文學地景」，看到聽到向陽親自朗誦〈銀杏的仰望〉一詩；透過現代詩詞典麗文字，呈現台灣南投地景之美：

銀杏而爲林，僅見於
南投縣鹿谷鄉溪頭——我的故鄉。
故我的鄉思也是
扇形的，浪遊自浪遊，奔逸自奔逸
終究如銀杏一般根植而且
歸軸。

昔日紙本時代新詩讀者少，今影像年代卻可繪聲兼繪影，以聲光化電讓詩畫合一，文學傳播無遠弗屆。觀眾想不到的是：這詩寫成於四十年前，螢光幕上頭髮銀白朗誦者，念的其實是1975年作品——那時他還是位大學生，剛進文化大學日文系不久。向陽的例子讓我們深深體會：「第一本書」於作家一生文學旅程果真意義非凡：「文學起步」的一刻不僅具有象徵意義，更有莫大代表性。

《銀杏的仰望》初版於1977年。年輕作者毫不馬虎，費力費心慎重推出第一本書。書前一篇二千字序文〈雨中的銀杏〉，結構嚴謹文字精雕細琢，把一篇自序散文寫得有如現代風格「賦」體一般。更驚人是書後另有一篇長長「後記」，題目〈江湖夜雨〉，寫他認識詩、喜愛詩並追求詩的十年歷程。以為作者是那麼年輕，但就「詩齡十年」而言，算得老了。（從初二寫下第一首詩，到大四出版第一本詩集，十年江湖夜雨……）。而這篇〈追求詩藝〉後記彷如一封超長情書，寫了整整十六頁，恐已創下詩人「第一本詩集後記」最長篇幅紀錄。

詩人把十年寫詩成果分成七輯，除了第一輯「懷鄉思舊，記錄個人生活所感所見」，第二輯收八首情詩，更值得注意是第四輯的「小站十行」，以及第七輯的台語詩「家譜」系列。後

來向陽在詩壇揚名立萬，最具特色正是當時稱的「方言詩」以及「十行詩」，而備受推崇這兩大成就，早在第一本書各以「專輯」方式出現了。前者是他早年致力於建構每首詩只限「十行」的新詩形式，也在1984年由九歌出版了《十行集》，展示其創作成果。後者也成書出版──隔年由自立晚報推出《土地的歌：向陽方言詩集》；這部詩集雖絕版了，但代表作：其中一首台語詩〈阿爹的飯包〉紅遍台灣南北，誰人不知。

原來此詩寫成於1976年：近年詩壇風行的台語詩，向陽早在大學時代已開始經營寫作。他雖非台灣文壇最早寫台語詩的人，然而同輩中屬他最早以嚴肅態度，有系統有計畫地嘗試創作。果然數十年後卓然有成──〈阿爹的飯包〉原是「家譜」系列七首其中一首。後記寫道：這是「做為人子獻給已逝的父親的詩集」。扉頁更印有：「獻給／若在一年前猶能看到此書的／父親」三行題辭。詩集不僅包羅年輕向陽的文學旅程起步，也涵蓋他家族、故鄉的歷史。

作者更意料不到的是，此書一出爐在校園刊登廣告，第一個來預約詩集的學妹，促成兩人開始通信而成女友，接著兩人攜手一起步上紅毯。向陽第一本詩集不僅是文學事業起步，還讓他娶到嬌妻，一生美滿婚姻與家庭自此開始──詩集竟成雙方媒人，也讓我們看到一則文壇僅見的，由「第一本書作媒」的浪漫故事。

31-1 1977年向陽首部詩集已開始台語詩的嘗試。
31-2 《銀杏的仰望》再版本由夏宇等設計封面。

蘇紹連《茫茫集》

廣遠無邊的意象

台中：詩人季刊社初版（1978年）／詩集

第一本書尚未出版的1974年，蘇紹連獲「創世紀詩刊二十周年」詩獎，洛夫撰評語：「蘇紹連的出現，意味著中國詩壇一種新的可能，他運用多變的意象和戲劇性的張力，為現代人繪出一顆受傷的靈魂」。這段話說明他的出場如何令前輩詩人驚豔，「散文詩」如何讓詩壇「驚心」的情景。

《茫茫集》收入1969至1972年的詩作，是蘇紹連「形成超現實風格的創始階段」，亦收他最早創作的一系列散文詩。「透過非理性的演繹，創造出夢幻與現實交織的奇異情境」（林燿德語）。書名的「茫茫」，並非取「視茫茫」之模糊意象，亦非「前途茫茫」之難以捉摸。封底寫道：「四野茫茫，人海茫茫，蘇紹連早期的詩更是一種廣遠無邊的茫茫」，原來取「大海茫茫」之廣闊意象。

以上其實都是外部揣摩或附會。全書分五輯，首輯：「茫顧」六首，第三輯「茫的微粒」九首，這才是「茫茫集」真正由來罷。「茫顧」是他發表的第一首詩：1969年好友洪醒夫從台中把詩稿帶到台北武昌街，給詩人周夢蝶，周推薦在「詩宗社」第一號叢書《雪之臉》上發表。

> 我原想長成月亮或者太陽，但我種下的卻是一粒不會發芽的星，在心中慢慢成屍，化為燐火而已。化為燐火而已。（茫顧）

「屍」或「詩」能化為燐火，也能集合成「火把」。且看封底這一句：「『茫茫集』是新生代詩人最早舉出的火把，它燃亮了詩壇的新路。」

蘇紹連，台中沙鹿人，949年生。讀台中師範美術科即與同學洪醒夫等創辦「後浪詩社」（1968）。一度進入「龍族」，畢業後創辦《詩人季刊》，1974年推出創刊號。1978年由詩社策畫集體出書，同仁蕭蕭、廖莫白、李仙生、李勤岸等遂在同年出版生平首部詩集。此時回顧「詩人小集」五冊，年輕詩人

結社集體出書，互相觀摩也互相激勵，出版模式堪稱創意。蘇
紹連出書這年二十九歲，要等到十二年之後，才在1990年一口
氣出版《童話遊行》、《驚心散文詩》、《河悲》三部詩集。

32-1

32-2

32-1《茫茫集》收作者早期散文詩，呈現其超現實風格的創始階段，1978年大昇出版社印行。
32-2《驚心散文詩》1990年爾雅出版。

詩的自畫像

劉克襄《河下游》

「第一本書」出版經歷各家不同，劉克襄的例子尤其特別——詩集自費出版才不過一個星期，他突然決定全部銷毀。林燿德說得好：「這部詩集的大部分內容以及毀書行動的本身，在在證明劉克襄早期的浪漫風格」。浪漫是浪漫，卻給整理史料的人出了難題：有書存在，但作者不認，大家也看不到，還算不算是「第一本書」呢？

劉克襄1978年這段「毀書」經過，詩友們知之甚詳，原因是好友苦苓為他編下一本詩集的時候，把事件始末透過〈編者序〉公諸於世。原來浪漫詩人劉克襄毀書之前，特留一本《河下游》送給苦苓，並在扉頁上寫道：

> 這是我第一本詩集。不能見人。書出來一星期後，我帶著書回台中，賣給了收破爛的，一斤二十塊。本想用汽油燒掉，找不到地點，汙染空氣。……書收到就好，請你不要翻，有天我會寄一本要你翻的書。這一本寄給你，我是考慮很遠的，萬一我先死了，來不及出第二本詩集。你就委屈翻它，懷念我。（見劉克襄詩集《松鼠斑比曹》代序）

有朋友專門收集「題簽書」，舊書肆裡價值高低分成好幾等。所謂「題簽書」一般上下題個姓名，能多出一兩句話已算難得。最珍貴是像苦苓這本：詩集已銷毀因而量極稀少不說，題簽文字還留下「第一手文壇史料」——透露詩人情懷及重視環保的個性。當然，我要慶幸劉克襄環保觀念，當年才能在舊書攤買到其中一本。記得買時，先感到作者名字很特別，叫「劉資愧」（資本主義慚愧？）其次，封面竟那麼樸素，單放作者一首短詩手稿。（仔細看，稿末有日期和劉克襄簽名，詩中意象是賞鳥人，也可說是一幅「詩的自畫像」罷）。

劉克襄老家台中烏日，1957年生，文化大學新聞系畢業。原先正職一直是副刊編輯，業餘對自然誌、台灣古道、旅行歷史有興趣也有研究。以後專職寫作，從事自然觀察、拍攝與繪畫，成為台灣文壇最活躍的自然生態作家。追溯其創作旅程：

從新詩起步，然後賞鳥、古道探查，透過旅行觀察土地，題材愈來愈多元多樣，著作早已等身。但在數十部作品中，唯一掛本名「劉資愧」的，大概只有最早這本新詩集。如果說《河下游》已是銷毀不能算數，那麼劉克襄第一本書應是1982年由時報出版的《旅次札記》——退伍兩年間觀察鳥類生態的筆記散文，行間充滿他對國人漠視環境汙染的憂心與抗議。此書開啟了台灣自然生態寫作的風氣；那一陣他有「鳥人」的外號，文友間多以台語「鳥仔」呼之。

劉克襄「第一本詩集」則是前面提到也是隔年出版的《松鼠斑比曹》，由台北「蘭亭書店」出版。苦苓於1983年是如此為「鳥仔」畫像的：

> 一個二十六歲的青年，身上逐漸長出羽毛，兩臂化成雙翼，目光銳利如鷹，終於從報社大樓的窗口飛出去，消失在，遼闊無垠的天空下。

裡面有兩個象徵。一是說，狹窄的書房，單調的編輯生涯應該關不住他；其次，他的關懷與觀察已轉向鳥類與環境生態，不會回來寫現代詩了。三十多年前詩友預測，你說準也不準？

33-1

33-2

33-3

33-1 《河下游》1978年自印出版。
33-2 《旅次札記》1982年時報文化出版。
33-3 《松鼠斑比曹——劉克襄詩集》蘭亭書店1983年出版。

參 大火炬的愛

回眸五〇年代反共小說

傻常順兒的一生

陳紀瀅《荻村傳》

重光文藝初版（1951年）／皇冠再版（1985年）／長篇小說

對1950年代台灣文學史陌生的人，單就「荻村傳」三字，大概看不出這是道道地地一部「反共小說」。光看字面，彷彿在替一個「荻村」寫傳。其實小說不在寫「村」而是寫「人」：貫串小說全局的主人公叫「傻常順兒」。陳紀瀅（1908～1997）自序言道：此書也叫「傻常順兒這一輩子」，可見重心是這人的「傳」，正像魯迅《阿Q正傳》；荻書筆路手法確與魯迅此名著三分神似，但小說主題自是南轅北轍。

此書以一中國北方農村（作者家鄉河北）為背景，透過一「極傻極骯髒的莊稼漢」半生遭遇，寫他如何隨政權改變而發跡，而變泰（或變態）。一日握得一官半職，他便學會姦殺擄掠等等惡事。共產黨一來，小村變得民不聊生：「白天，荻村是獸世界；晚上，荻村是鬼天下」。一向被村人看不起的傻常順兒（名字當然總與現實相反），解放後翻身當了村長，於是強占民房、美女，幹盡一切反倫常的壞事。最後自逃不了兔死狗烹給鬥爭活埋的下場。

《荻村傳》成書很早，1951年初版於作者自營的「重光文藝出版社」，十六年間印了四版。1985年曾印過「皇冠」版，目前絕跡至舊書肆也難找。出版前曾在雷震《自由中國》半月刊上連載了半年。當時隨寫隨刊，出書時才從初稿八萬字修成十二萬字付印。《荻村傳》早年知名度高，應與作者在文藝圈「位高權重」大有關係——陳紀瀅身分既是「立法委員」，又兼全國「作家協會」掌門人，「中華文藝獎金」徵獎及運作核心委員，這些文學場域位置優勢，一是有公家資源大批買書「送海外僑胞」（三版題記），又可花政府公帑請高手翻譯成英文，日文等。五〇年代落難香港的張愛玲便曾擔任本書英譯者：書名：*Fool in the Reeds*，1959年由香港 Rainbow Press 印行。這麼一本來頭不小的反共小說，若說當年台灣大批有志得獎金的文藝老生小生們，亦步亦趨，拿此書當學習範本，理由是很充分的。這也教我們別小看此書於1950年代文學潮流的影響力。

34-1 《荻村傳》最早在雷震辦的《自由中國半月刊》連載，1951年重光文藝初版。
34-2 1954年再版本，封面人物繪圖孫多慈（書影由舊香居提供）。
34-3 《荻村傳》英譯本由張愛玲翻譯，1959年香港初版。
34-4 《荻村傳》十六年間至少出了四版
34-5 陳紀瀅題簽手跡。
34-6 皇冠版《荻村傳》1985年出版。

34-1

34-2

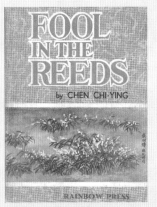

34-3

34-4

34-5

34-6

戰鬥文藝小說

朱西甯《大火炬的愛》

重光文藝出版社初版（1952年）／短篇小說集

早期台灣文壇史，將小說家朱西甯封為「軍中三劍客」之首不是沒有道理的。他生平第一本書《大火炬的愛》初版於1952年，這部短篇集從書名到內容主題，有著濃濃的「時代氣息」──1950年代是國民黨剛到台灣「第一個十年」，在政府文藝政策主導下，台灣文壇有著生產「戰鬥文藝」最佳的氣候與土壤。

書薄薄不到一百頁，收短篇小說九篇。雖是1952年上市，其中六篇早發表於1950年，真正是朱西甯初來台最早期作品。九篇中三篇發表於雷震創辦的《自由中國》半月刊──這是台灣早年知識圈備受重視的綜合性雜誌，年輕小說家陸續在此發表作品，藝術性不差，很快受到文藝界上層的注目。陳紀瀅不僅是重光出版社發行人，也是全台作家團體「中國文藝協會」首腦人物，又是知名反共小說作家，由他撰文推崇此書高明，不難使它即成「戰鬥文藝」指標性作品：

> 論內容，沒有一篇不與反共抗俄有關；論技巧，這是一本特別值得推薦的成功作品。尤其一般人把反共抗俄的主題處理得非常濫調，流入於八股化的現階段……。本書是新文學創作行程中所發現的一枝奇葩。

文中還聲明「重光諸友」並不認識朱西甯。熟悉五〇年代文壇的人一定知道：當時物資匱乏，出書極為艱難，他們主動出版一位新人小說集，「發現新秀」的喜悅溢於言表。而如此受讚賞的「第一本書」，與後來作者提起此書的低調、謙沖，認為不過是「不堪回首的幼稚之作」，「簡直不敢再看」，形成強烈對比。無怪乎朱西甯各作品都有再版本流傳，唯獨此書一版而絕，蹤跡難尋。

本書也看出小說家剛起步時，即有心於藝術技巧創新的認真態度。如書中有兩篇小說同樣題目：「大火炬的愛」，分別標示（一）和（二），此或為書名的由來。書中三篇直接描寫共產黨殘酷行為，另三篇寫大陸地下抗暴故事：復仇、從容就義等，帶有高度傳奇性。寫草莽英雄，作者藉說書人之口講故事，充分發揮純熟

語言魅力。剩下兩篇，小說場景從大陸拉到台灣，以當時軍中生活
與戰鬥意志為題材：我們讀了這部小說終於能分清楚「戰鬥文藝」
與「反共文學」的區別。

35-1

35-2

35-1 朱西甯第一本書：短篇小說集，「重光文藝出版社」1952年初版。
35-2 《大火炬的愛》1971年再版本。

紅河，在靜靜地流著
潘壘《紅河三部曲》

紅河三部曲（1952自印）／紅河戀（1959明華）／靜靜的紅河（1978聯經）

　　《靜靜的紅河》是小說家、電影導演潘壘生平第一部小說，怕也是台灣出版史上，書名改動次數最多的一部。書的生命旅程，與作者生平經歷一樣富有傳奇性。潘壘自小在越南長大，1940年日軍入侵，華僑父親忍痛將獨子送往中國讀書，這年他十四歲。後來中斷學業加入抗日戰火，戰事結束又從印緬戰場到上海。因緣際會他卻愛上寫作，1949年偶然機遇來到台灣。身上一直帶著的，是密密麻麻紅河戀初稿。

　　「紅河，在靜靜地流著……」，小說開頭這一行從初稿、再版、三版一直沒變。紅河為整篇故事的發展脈絡。由於應徵國府「中華文藝獎金」接受委員建議兩度修改。歷經六年、三次修訂終於完稿。當年出書不易只有自費出版——「紅河三部曲」分成三冊，書名分別是：《富良江畔》、《為祖國而戰》、《自由自由》。

　　三部曲呈現一位華僑青年戰爭年月心路歷程。首部在戀愛時期，充滿浪漫思想；第二部進入抗戰，戰鬥意志堅強。第三部落拓回越南，不免虛無與絕望。評家讚此書：「混融了繪畫和音樂的力量，像一支抒情的夜曲」（王聿均）。不幸地首部心血結晶，被發行商矇騙而血本無歸。1952年交給「亞洲文化出版社」再版，改名《還我河山》，銷路不差。七年後，明華書局有意出第三版。此時越南局勢已變，潘壘又重頭改寫，將全書增為「春」、「夏」、「秋」、「冬」四部，共計五十六章，厚達六百頁，改以書名《紅河戀》出版，封面由廖未林設計。又過二十年，好友馬各策畫「潘壘作品集」列為第三卷，1978年再改名《靜靜的紅河》由聯經公司出版。

　　算算它隨著環境、局勢變化而多次改寫，一部文稿竟擁有四種書名。潘壘在1950年代已出版小說十四部，堪稱活躍而多產，卻於1960年代轉換跑道，赴香港擔任電影導演。但無論小說或電影，他一生未曾脫離藝術創作。今年已八十八歲的他剛推出《潘壘回憶錄》，扉頁題句——「我熱愛生命，不虛度此生」。十個字透露他一生泉湧般創作熱力。

36-1 《紅河戀》明華書局1959年初版,廖未林封面設計。
36-2 1978年更名《靜靜的紅河》聯經出版公司印行,封面設計:凌明聲。

36-1

36-2

查禁的反共小說
穆穆（穆中南）《大動亂》

台北：中國文壇出版社初版（1953年）／長篇小說

提到「穆中南」這名字，圈內人都會將它和《文壇》雜誌連在一起。刊物誕生在1952年，持續三十四年傳播生命，不能說對早期文學潮流走向、作家風格形成沒有一點影響。穆中南既是資深作家，也是老練的文藝編輯。想想能在軍管戒嚴物資匱乏年月，經營一份既有文學性，還能不被查禁的民營刊物談何容易。文壇「穆二哥」以他山東大漢的寬闊肩膀一路挺了過來。

《文壇》全靠自己養活，沒有拿國民黨一毛錢。

然而雜誌沒有被查禁，並不代表穆中南的小說必定「過得了關」。

《大動亂》是他來台第一部小說，於《文壇》雜誌第二期1952年6月開始連載，隔年刊畢，很自然列入「文壇叢書」以單行本問世。出乎意料，小說竟遭政府查禁。他一肚子冤屈，三十年後寫文章表露心事，字裡行間仍聞得出摸得到那股燙燙的不滿：

> （此書）銷路差強人意，卻意外接到當局查禁的命令，我實在心不服口不服，但也只好把書收回來焚之於火，只留下一本孤本。去年《文訊》徵求作家的第一本書，我找出《大動亂》重讀一遍，以三十多年的審稿經驗，仍然被其中的反共情節所感動，實在找不出他有什麼足以被禁的理由。

六十年後翻閱，同樣看不出道理。讀完只覺筆法很傳統，描寫一沒落舉人家庭兩代夾在日本、共黨與遊擊隊中間種種遭遇。小說背景設在家鄉山東，時空是八年抗戰。寫的其實就是作者自己一段經歷：穆中南1935年赴瀋陽，曾被日軍逮捕，出獄後回鄉從事教育工作。1946年任《和平日報》瀋陽社主筆兼辦出版社。

其書題材形式類似姜貴《旋風》，皆以一個家族為中心描寫社會樣貌。有意思的是，兩部反共小說都將背景設在老家山東，卻同樣不為當局所喜，可見台灣1950年代，「反共小說」是很難寫的。至於其作何以被查禁，想來想去，最有可能是「書名」出了問題。作者或許認為家鄉小情況，正是中國「大動亂」的縮影。殊不知這三

個字可能觸痛從大陸敗逃台灣的國民黨不知哪根敏感神經——有關（官）人士說不定認為作者是不懷好心，故意諷刺國民黨罷。

穆中南活躍於早期台灣文壇，不僅辦雜誌，還是政府提倡戰鬥文藝熱心支持者，出過一系列戰鬥文藝叢書，辦過「文壇函授學校」，當過「文協」總幹事，可算是國府文藝政策有力推手，於1992年去世，享年八十歲。

如果說他的例子給了我們什麼訊息與啟發，應該是：作家出書，書名真的很重要。無論時代怎樣動亂，「構想書名」絕對需要冷靜。

《大動亂》1953年初版，作者來台第一部小說，以山東為故事場景，不料被政府查禁。

媒體人的言情小說
彭歌《殘缺的愛》

台北：中國自由出版社初版（1953年）／長篇小說

戰後台灣文壇，學官經歷像彭歌這麼輝煌，小說又如此多產的媒體人，只怕很少見了。彭歌本名「姚朋」，1926年生，在北平完成中小教育。隨國府來台，歷任《台灣新生報》主編、要聞組主任、副總編輯、駐美特派員。政大新聞所之後，三十四歲以中山獎學金入美國伊利諾大學，主修新聞與圖書館學。回台除了在各大學任教，也勤寫專欄，一路從《中央日報》總主筆、副社長，最後在社長任上退休。

用「輝煌」兩字，說的不是官位而是「數量」；今日要找到職位相當的名字還不難。不簡單的是，同時在文學方面著作等身——已出版小說至少二十種，而專欄文字結集成書者，大概是這數字的兩倍到三倍（方塊雜文暫且歸為散文類，如談書文章稱「書話散文」）。彭歌小說發表高峰在一九五〇、六〇年代，多在當時主流報刊如聶華苓編的《自由中國》文藝欄、夏濟安的《文學雜誌》上連載。他自己則始終是媒體人，《台灣新生報》工作同時，兼任發行量不小的《自由談》雜誌主編。

彭歌第一部長篇小說《殘缺的愛》便在此刊連載，書成由上司趙君豪寫序。原來頂頭上司也是識千里馬的伯樂，用刊出「頭兩章」的方法（才寫完前兩章，後面尚未動筆），來鼓勵年輕人繼續往下寫。這是一部初試啼聲的言情小說，以動亂時期南京、台灣為背景——「以愛情的進展為經，以時代的變亂為緯，交織而成」（司徒衛語）。作者原計畫寫五萬字，兩個月內完成。沒想到欲罷不能地直寫了一年多，光在雜誌上即連載了八個月。趙序在文末寫道：「這位青年作家，渾樸天真，從無驕矜之態，當以此書為基點，邁向他未來光明之路」。此話寫於一九五三年，長者金玉良言，也金口直斷，果然作者從此書起步，一路邁向光明。

彭歌《殘缺的愛》為《自由談》月刊連載小說，1953年
初版。

難民文學力作

趙滋蕃《半下流社會》

香港：亞洲出版社（1953）／彩虹（1972）／黎明（1975）／三信（1978）／大漢（1978）／瀛舟（2002）／長篇小說

　　小說《半下流社會》是一部以1950年代香港調景嶺（吊頸嶺）為場景的「難民小說」，曾經風行港台兩地。名氣響亮固因小說暢銷，改編成電影相信也大大提高了小說的知名度。

　　書前扉頁題句：「勿為死者流淚，請為生者悲哀」，一來傳達小說主題，二來透露作者悲憤心情，成為流傳當年文壇一句名言。說此話者扉頁上署名：「酸秀才」，也顯示它是一群「知識分子落難他鄉」的血淚故事。且看書名為什麼叫《半下流社會》，原來它描寫1950年代初期一群文人從大陸顛沛流亡到香港之後的悲慘處境。如作者趙滋蕃，他在湖南家鄉原本是教數學的大學講師；又如小說人物「酸秀才」，一手好文筆，原是大學哲學博士。可憐他們逃到香港之後都一文不名，住木屋區、睡樓梯腳、撿煙屁股、翻垃圾筒、典當生活用品、賣血，只為求得溫飽。

　　他們處在冷漠的香港都會，儘管忍飢受凍，卻不肯作奸犯科屈居下流──這便是書名的由來，他們當然擠不進「上流社會」，但相濡以沫，自力救濟，不僅與暴風雨等天災搏鬥，也在政治權力、人性黑暗的漩渦中掙扎求生存，自成一個半下流社會。小說「採取活生生的題材，寫出血淋淋的事跡」，因而達到反映時代、紀錄人生的文學功能。作者不愧是理工科系出身數學講師，他描述自己寫此書過程，提供好些具體數據給後人參考想像：例如他「苦熬五十八個通宵」，終於一口氣逼出生平第一部作品。而這部二十萬字小說的代價，他寫道：「一斤底稿，付出十七磅體重。差不多每一萬字，要拚掉一磅血肉。」雖然如此，這書卻也讓他獲得穩定編輯工作，從此改變人生道路。

　　趙滋蕃原籍湖南益陽，1924年生於德國，七歲喪母，繼母是德國人。抗戰爆發，他不顧父親反對隻身回到中國。中學畢業後攻讀湖南大學數學系，後加入青年軍，從二等兵升到少校翻譯官，抗戰勝利他回湖南大學任教兼攻哲學與經濟。1949年內戰迫得輾轉流亡至香港，寄居調景嶺難民營，流徙於石塘嘴木屋區，當過扛麵粉的腳夫、挑石工、礦工。一度曾以滿分通過數學教師筆試，卻以不諳廣東話於口試時慘遭淘汰。《半下流社會》發表後一舉成名，被聘入

香港亞洲出版社任編輯，以後持續創作小說、詩劇等多部。1964年
寫長篇《重生島》以內容過激被港英政府遞解出境，以後長期留在
台灣寫專欄及教書，1986年去世。

39-1

39-2

39-3

39-4

39-5

39-6

39-1 趙滋蕃《半下流社會》最早版本1953年
　　由香港亞洲出版社印行。
39-2 彩虹出版社1972年初版。
39-3 大漢出版社1978年初版。
39-4 大漢出版社再版本。
39-5 1978年高雄三信出版社。
39-6 2002年美國瀛舟出版社印行。

軍官才藝秀

公孫嬿《海的十年祭》

遠東圖書公司初版（1953年）／長篇小說

單從書名，看不出是小說集，就像從「公孫嬿」筆名，也看不出作者是「陸軍官校畢業，曾任砲兵指揮官」的軍人身分。籍貫安徽，體型魁武的查顯琳（本名），曾任駐美軍事武官，情報學校校長。年輕時代喜好寫作，隨國府來台後，曾活躍於早期文壇，出版有散文小說集十多種。

先收藏《海的十年祭》外觀樸實「再版本」。後來見到「初版封面」大不相同，彷彿發現新大陸。初版設計有創意──用淺綠色手稿（蘇雪林書序）作背景，再疊上深紅色書名，且多「公孫嬿創作集」六大字。有意思是，作者把類似「版權頁資料」放封面正中央：

瓣香書屋輯集之一／公孫嬿寫的／中篇小說集／海的十年祭／民國四十二年春天／在台灣出版／（本書封面和編排由作者設計）

排成七行。字體雖小，卻是我過眼文學書中，首見將「本書封面」由誰誰設計放封面中央的。軍官作家對自己文創成果滿意程度可說「溢於書表」。果然書有書的「肢體語言」──「秀才藝」的姿勢，不光擺在書封設計，封底還預告了「公孫嬿創作集」十種，書還沒出，預先羅列書名與類別。

歷經歲月掏洗，從初版到再版，外觀也由絢爛歸於平淡。然而消失了色彩，鮮活個性一併消失。好在內容沒有變──書前有蘇雪林長序（寫於1953年），全書共收三中篇，書名一篇，其餘：〈斷腸紅〉、〈生命悲劇的二重奏〉。首頁短短百餘字〈前言〉，交代曰：有些小說，並不完全是虛構的（真是「此地無銀三百兩」）。又感謝「表姑」蘇雪林百忙中，不僅賜序，且為集內各篇小說，「一字一句予以教正」。筆者整理「作家第一本書」偶有新發現，此番的發現是：初版本難找確有它的道理。

40-1   40-2

40-1 公孫嬿是位軍官作家，此中短篇小說集1953年由作者
　　　自行設計，自費出版
40-2 《海的十年祭》讀者書店1958年再版。

描繪蘇聯紅軍醜態
郭衣洞 《蝗蟲東南飛》

文藝創作出版社初版（1954年）／星光再版（1987年）／長篇小說

1949年來到台灣之後才動了寫作念頭，郭衣洞（1920～2008）會當上作家可說十分偶然。生平第一部作品，便是應徵國民黨「中華文藝獎金」，意外得了大獎的長篇反共小說：《蝗蟲東南飛》。來台灣後第一個十年，是他文字生涯的「小說時期」，這期間「柏楊」尚未誕生，職業還是黨部「青年反共救國團」活動組長、「中國青年寫作協會」總幹事，一位活躍於國民黨主流文壇的小說作家「郭衣洞」。

這部小說的命運，隨著主人一生傳奇際遇，一樣起伏變化。初稿由於應徵國府辦的文藝獎項，首次刊於國民黨文宣雜誌《文藝創作》月刊（1952年11月第19期開始連載），隔年出書。1966年還換過一次書名，大幅修改內容之後，改名《天疆》，在《自立晚報》重新刊登一次。這時期他已離開救國團到報社工作，開始寫柏楊專欄。

題目的「蝗蟲」指的是蘇俄紅軍。小說以中國東北為背景，描寫二戰期間他們惡行惡狀一路從長春、瀋陽到撫順，不但白吃白喝、泯滅人性地發洩性欲、砍殺無辜，把中國東北變成了人間地獄。蘇聯紅軍往東南飛到瀋陽，像蝗蟲一般給中國帶來巨大災難，如此小說內容主題，正是台灣1950年代國府大力鼓吹大量生產的道地「反共小說」。

諷刺的是，寫雜文批評社會現象的柏楊，1968年被國民黨以莫須有理由關進牢裡，更屈打成招，認下通匪罪名。某日，同房難友認出他來：「你不就是寫反共小說的郭衣洞嗎？」他遲疑著點頭承認。「真是報應啊！」難友大聲說。

41-1 《蝗蟲東南飛》1953年國民黨「文藝創作出版社」初版本。
41-2 1967年修訂後改名《天疆》平原出版社印行，封面設計：胡家慶。
41-3 柏楊出獄後重新整理「郭衣洞小說全集」陸續出版，此書1987年星光出版社印行。
41-4 1991年台北：躍昇文化公司出版。

41-1

41-2

41-3

41-4

棄婦悲歌

楊念慈《殘荷》

高雄：大業書店初版（1954年）／長篇小說

初見薄薄一本《殘荷》，封面那麼漂亮，以為是散文集。讀完才知是一部五萬字中篇小說。此時稱它「中篇」，當時密密排出來八十二頁算是長篇，扉頁印著大業「長篇小說叢刊之二」。作者楊念慈原籍山東，小說即以他家鄉濟南「大明湖」為背景，寫的是地主家庭一段女性婚姻悲劇。

漂泊多年的男主角「我」，於1947這年回到大明湖畔老家。庭台樓閣，龐大產業全由寡母一人掌管著。小說並未交代三代單傳的「我」，何以丟下寡母自己長年流浪在外，此時何故忽又倦遊歸來。不久，家裡來了青梅竹馬玩伴「蓮表姊」。她已嫁官宦人家，以未能生育被棄，目前鬱悶蒼白在娘家養病，聽說表弟已歸家便由母親陪著來到濟南散心。

於是「一城山色半城湖」的美景裡，兩人因各有滄桑而互相慰藉。漸漸地兩顆心決定結合，「我」於是勇敢的向母親表示，他要娶蓮表姊為妻。結局當然是悲慘的：不僅母親另有屬意人選，兒子向母親宣布此意時，窗外的蓮姐也聽到他們對話。母親乞求兒子，千萬別讓咱家斷了香火。結局是：比表弟更勇敢的蓮姊，留書悄然離去，讓香火得傳，也讓這段深夜湖邊小提琴伴奏的淒美愛情畫下句點。

小說湖光山色意境悠美。但不知怎的，手中一管染過女性研究的筆，不聽指揮地，竟讓我這資深楊念慈小說迷，在他處女作裡讀出封建大男人思想來。蓮表姊第一次被豪門拋棄，受封建毒害已夠可憐，小說家透過男主角再次宣揚「女性不能生即不是人」的封建觀念。小說裡「我」是有一姊一妹的，卻口口聲聲「三代單傳」，彷彿當女人的就像書中寡母，只配做牛馬苦等兒子久遊不歸。所謂「單傳男丁」的主人翁，任務竟然不是持守家業，減輕寡母操勞，而是遊蕩在外，偶然負責「傳宗接代」，叫做孝順。作者更把蓮姊的決定離開，描繪得像是識大體有智慧的女英雄，殊不知兩度被棄會推她陷入無底深淵，可想往後日子如何艱難。這時讀者會發現：具有象徵意涵的書名，美則美矣，卻不免帶著歧視女性的思維——女性不能生育竟被冠以「殘廢」的形容詞。其實舊時代女性不育有

時是男性的問題，何況就算真是不能生育的男性，也從來不會被賦
予「殘」的概念罷。

42-1

42-2

42-1　楊念慈來台後最早一部五萬字小說，1954年由高雄：大業書店初版。
　　　封面設計：廖未林
42-2　《殘荷》列為大業書店「長篇小說叢刊」。

想像生離死別

張放《野火》

台北：文壇社初版（1958年）／長篇小說

「文壇社」1958年初版的中篇小說《野火》，薄薄八十二頁，首印二千本，是張放第一本書。《野火》寫於1955年，以家鄉山東農村為小說背景。他原是山東流亡學生，1949年二十歲不到，船從廣州先將八千山東學子運到澎湖，再轉軍籍。年輕人離鄉背井，滿腦子湧起的，都是故鄉「那夏夜的青紗帳，唧唧的蟲聲和夜鳥的撲啼⋯⋯」。張放小時愛讀文藝作品，想家的阿兵哥對寫作有一股止不住的熱情。

除了熱情，他還有傻勁。二十歲立下誓願：一定要先寫出一部好作品再談戀愛。於是下班後每天埋頭寫到深夜，半年後完成了這部六萬字反共小說。何以取名「野火」？原來故事結尾就像張愛玲《秧歌》的結尾，憤怒飢餓的農民放火燒了糧倉。而張放的故事還多了一層幹部放火燒山，大隊民兵趕來開槍捉人，一把「野火」最後把男女主角及山神廟燒得一乾二淨，小說以悲劇收場。當然，野火是燒不盡的，末尾以這句點出全書主題：「明年，新的芽苗仍會從灰燼中爬出來的」。

同樣書名，若把年代顛倒一下，1985年台灣文壇也出現一部《野火集》，作者龍應台。那時她還不是台北市文化局長，更不是首任文化部長。然而書本身也就像人一樣，有幸與不幸的命運。比張書晚二十七年出版的《野火集》，火紅熱賣橫掃書市正如其名，十年印數超過一百五十版不說，還創下一月內再版二十四次的驚人紀錄。反觀張放這部《野火》卻冷落絕版多時，連他本人都找不到，問誰有此書能否借他複印。

因是第一次出書，當年開心程度外人難以想像。拿到書的興奮，張放寫過一段回憶：

> 有一天，郵差給我送來了一捆書，我把它擺在床頭上，當兒子一樣的供起來。白天上班，晚上燈下，我打開親友通訊簿，前思後想，選擇地寄給他們，讓他們也分享我的快樂。（1980年刊《愛書人》雜誌）

樂與苦原是一體兩面。與此同時也有同事取笑他「正事不做，寫這些沒人看的玩意兒！」類似的話，二三十年之後他還常聽到。實際上他一生創作不輟另有原因；2009年張放為自己編過一份詳細「文藝年表」附於書後：

1932年河北昌黎縣出生的他，原籍山東。對日抗戰因父親南征北討，失去音訊，他隨母親留在山東農村讀私塾。「七歲，能背誦《論語》，一字不漏」。

12歲（1943年）就讀省立濟南中學，「圖書館文藝書刊被我看完。那時已可用日文寫日記」。

17歲（1948年）投考大學落榜。在南京患傷寒，病癒後經人介紹到煙台中學。「蒙張敏之校長收留，得以安定下來」。再也想不到這一「安定」卻是他一生不安定的開端。

18歲（1949年）年從廣州搭輪船抵澎湖。「八千餘山東流亡學生編進三十九師當兵。因被誣指為共青團員，不敢閱讀文藝讀物」。

張放年表寫至1949這年，短短兩行輕描淡寫，讀者看不出個中波濤起伏。等我們讀到王鼎鈞回憶錄之四《文學江湖》：〈匪諜是怎樣做成的〉一文，才知「山東流亡學校煙台聯合中學匪諜組織」冤案，竟是外省人的「二二八」。按鼎公說法：國民政府能在台灣立定腳跟，靠兩件大案殺開一條血路，一件「二二八」事件懾伏了本省人，另一件煙台聯合中學冤案懾伏了外省人。「就這個意義來說，兩案可以相提並論」。

王鼎鈞正是當年山東流亡學生之一，文中引述：他們在澎湖被迫入伍，常有同學半夜失蹤，「早晨起床時只見鞋子」，那些強迫入伍後不甘心認命的學生，班長半夜把他裝進麻袋丟進大海。

小說家張放也是澎湖留下的活口，他的中篇小說《海兮》以山東流亡學生在澎湖的遭遇為背景，奔放沈痛，「除了人名地名以外

都是真的」，意到筆到，我很佩服。

讀鼎公文章才知，原來小說家張放竟是這樁冤案劫後餘生的「活口」。不只活下來，還不顧忌「身家性命」，意到筆到寫出事件始末。長篇小說《海兮》與短篇《山妻》同是旅居菲律賓三年間（1991年到1994年初）的創作成果。

「追求自由民主，可以拋棄生命與愛情」，自言是他創作《海兮》的思想出發點。「四十多年前從廣州搭濟和號貨輪來澎湖的八千多名山東流亡學生，編成兩個步兵團。水土不服，營養不良，僅是患痢疾死亡者就有五十餘人。」

張放說這部書是他「噙著熱淚」寫成的，他批判兩岸政治領導人未能憐憫照顧黎民百姓，「讓我們站在海岸眺望滾滾蕩蕩台灣海峽的海浪，流了四十多年相思淚」。序文結尾，作者再次表達寫作信念：

有生之年，我依舊不驕不怠，繼續為這史無前例屬於海峽兩岸同胞生離死別的悲劇而創作。這是我多年來的宿願。

原來張放直到八十歲還不停寫作、出版，一生堅持不放下筆桿的理由在此。

43-1 張放六萬字小說《野火》以家鄉山東農村為背景。
43-2 1958年由台北：「文壇社」初版。
43-3 中篇小說《野火》，扉頁。

43-1

43-2

43-3

被查禁的反共小說

司馬桑敦《野馬傳》

香港友聯初版（1959年）／台北文星版（1967年）／長篇小說

王鼎鈞曾說：五〇年代「三部最佳反共小說」是：張愛玲《秧歌》，姜貴《旋風》，以及司馬桑敦《野馬傳》。前兩部大家很熟，第三部多數人從未聽過，兩岸各版文學史也都漏掉它。個中原因，可能是它很早就被查禁的緣故。

與同時期其他反共小說「寫作動機」大不相同：作者並非為討好政府而寫，而是為「反省」這場戰爭，「這段紅潮彌漫的歷史」而寫。《野馬傳》自序寫道：

> 我一路南逃，一路想著這場歷史的災難，想著為什麼我們失敗？……歷史巨流中每個人的反省，對於一個歷史的答案卻未必毫無所補……唯因我對這段歷史有了這種「原罪」的意識，所以《野馬傳》所表現的正是一個悲劇……。

《野馬傳》前五章是1954年在台北動手寫的，1958年於香港《祖國週刊》連載，分三十六期刊完，隔年由香港友聯出版社初版。刊登期間他正在東京當台北聯合報駐日特派員。也許香港版有錯字，也許顧慮國民黨言論尺度，經作者一番修改，傷筋動骨大手術之後，遲至1967年首次在台灣出版，自費印刷交由「文星書店」發行。諷刺的是，發行不到半年，同年底即遭查禁。國民黨中央黨部說他「挑撥階級仇恨，暗示顛覆策略」。此案給台灣文壇「反共文學現象」留下一段教人哭笑不得的查禁記錄，也留給研究者一個探討「文藝政策與文學生產」的議題。原來國民政府提倡的所謂「反共文藝」有自己狹窄的定義，不是所有反共文學都被鼓勵的。

作者雖男性，小說卻以女性第一人稱貫串全書。背景設在中國東北遼東膠東一帶。女主角牟小霞是一個剛烈、性格獨立，情欲自主的梨園子弟。故事推展過程，也是她從一個男人漂泊到另一個男人的過程，從抗日分子到共產黨員，「她在階級與醜陋的現實裡擺蕩，終至於兩頭落空，……她為了生存的尊嚴，必須與傳統道德、家庭，甚至於男人的權力世界鬥爭」，結局以悲劇收場，牟小霞被判殺人，正等待最後審判處決時，小說即在此處戛然而止。

司馬桑敦，遼寧人，本名王光逖。生於1918年，1981年去世。早年在東北參加過抗日遊擊隊，軍中記者，坐過偽滿州國監牢。來台後當過海軍官校政治教官，也曾擔任聯合報駐日特派員，取得日本東京大學國際關係碩士學位。著有《中日關係二十五年》、《張學良評傳》、《愛荷華秋深了》等。爾雅出版社於1982年為他出版了紀念文集：《野馬停蹄》。

44-1

44-2

44-3

44-1 《野馬傳》先在香港刊物上連載，1959年由香港友聯出版社初版。
44-2 台灣版《野馬傳》1967年交台北文星書店發行，不到半年即遭政府查禁
44-3 1982年爾雅出版「司馬桑敦記念文集」，書名：《野馬停蹄》。

肆 我在台北

女作家第一本散文集

青春不老

艾雯《青春篇》

啓文初版1951／大業書店1963／水芙蓉1978／爾雅1987年／散文集

書名取得真是好——艾雯散文叫《青春篇》，蓉子現代詩取名《青鳥集》，分別是戰後台灣最早一部女性散文和新詩集。初試啼聲叫好又叫座，既暢銷也長銷：兩書八○年代先後由「爾雅」重排再版，真正「歷久而彌新」。捧讀之際，青青綠意隔著六十年歲月迎面而來，嗅到當年欣欣向榮文壇一角。歷來女作家感情纖細文字敏銳，果然「台灣文學春天」早在1950年代已翩然降臨寶島。

艾雯（1923～2009）本名熊崑珍，蘇州人。1949年隨軍人夫婿來到台灣。出書時，還是南部屏東眷村持家育女的二十七歲少婦。家事之餘寫作，將一篇篇散文投到報刊，以清新文筆談藝術，談女人心事與愛情。在那封閉而不確定的年代，陽光般溫暖傾訴與規勸，正是年輕人渴望的精神食糧。出書不久，1955年《青春篇》即奪得「青年反共救國團」主辦的「十萬青年最喜閱讀作品」散文類榜首——即便有書評說她「生活圈子小」，沒能「反映大時代」，艾雯抒情散文在提倡戰鬥文藝的年代依然脫穎而出，廣受年輕人喜愛。

究竟艾雯以怎樣的青春筆法，贏得萬千學子的心？作者回憶：「在那般年齡，青春本身便是藝術，生命更彷彿是一首詩篇。充滿夢想，充滿對未來的憧憬」；年輕即是本錢，有的是坦率真摯的感情，更有一顆易受感動的心，謳歌生命，頌讚光明。序言第一句：「人在寂寞時便能創作，在孤獨時思想便是慰藉」。散文另一特色是善用寓言與象徵。例如將「寫作生活」比喻「奮鬥的小舟」，不管風浪如何慘厲，她只是潛心地「把穩自己的舵」。在1951年版序末寫道：

> 如今，我把小舟駛進了避風港——台灣，難得在反攻大陸的暴風雨前有那麼一陣風平浪靜。

所以她整理文章付印，給自己「即將褪蝕的青春豎立一座里程碑」。不一定寫戰鬥，家庭主婦「綠窗絮語」同樣反映著時代；書頁寫滿花影陽光，同樣吸引讀者。由南而北，此書換過四家出版社——啟文、大業、水芙蓉、爾雅；幾乎每隔十年即「脫胎換骨」，

總有新東家以全新封面再度上市。從1951年初版，到封面春花盛放
的「爾雅版」，六十年間未曾斷版，至今書店隨手可買。「啟文」
封面純潔細緻，「大業」版是名家廖未林黃金比的精簡設計。

　　青春不老，果真是「蘇州姑娘永遠的青春篇」。

45-1

45-2

45-3

45-4

45-1　艾雯散文集《青春篇》1951年高雄啓文出版
　　　社初版，隔年增訂再版。
45-2　1958年高雄大業書店再版，封面設計：廖未
　　　林。
45-3　1978年水芙蓉出版社重排再版，封面設計：
　　　鍾君。
45-4　爾雅出版社1987年重排新版。

發現川端橋

徐鍾珮《我在台北》

台北：重光文藝初版（1951年）／純文學出版社增訂再版（1986年）／散文集

要認識女作家徐鍾珮出身背景與剛強個性，可讀她首部長篇小說《餘音》，那是一首昂揚的抗戰進行曲。若想見識她做為首席女記者的才華膽識，則《多少英倫舊事》是她派駐倫敦時寫回國內的系列報導，視野開闊，文字虎虎生風，是戰後風靡讀書市場的長銷書。散文集：《我在台北》初版於1951年，則是她來台後第一本文集；比起同輩女作家（如琦君、艾雯）的蘊藉典雅，她的文字就像書名這麼簡捷直接，不失女記者本色。

我想我永不會忘記我對川端橋的第一眼！太陽正落在橋的那邊，血紅金黃。橋邊一片平陽土地。河水清澈，有幾個穿著花裙的女孩子跪著在洗濯衣服，橋邊一輛牛車，緩緩而行。

此一段落引自書中〈發現了川端橋〉一文，讀時就像瀏覽著一幅水彩畫，感謝文學家為我們定格了「1950年代台灣」一幅謐靜秀麗的面貌。初版封面很有意思：配合「我在台北」書名，以「綠色樹叢中的總統府」圖畫作為表徵——簡單線條勾勒出總統府背景，除了樹叢還畫上香蕉鳳梨；因為只有一個顏色：綠色，因而掛樹上的是一串超大比例的綠香蕉。足見戰後初期，「台北」既是地名也是國家象徵。書名及外觀設計，「人事時地」明顯，透露著時代符號與社會氣息。來台之前，徐鍾珮已知名於新聞圈——中央政治學校（政大前身）新聞系畢業，中國第一位出身學院訓練的女性記者。曾任南京中央日報駐倫敦特派員兩年，1948年報社將其報導結集成《英倫歸來》，一個月內書即再版，轟動一時。難怪來台第一本書趕緊告訴讀者：「我不在倫敦，我在台北」。「英」書增訂後，1964年由台北文星書店印行：《多少英倫舊事》同樣叫好又叫座。

徐鍾珮婚後成為外交官夫人。一來人妻角色，二來隨時可能外調，不得不辭去熱愛的新聞工作。1950年剛到台灣，一切皆未安頓，寫這本散文等於客居心情雜記。此時也是她掙扎於記者與主婦之間的角色轉換，「魚與熊掌」難以得兼，正不知如何取捨之際。雖然如此，習慣於記者工作的她，初來島嶼，眼之所見心之所想，即使隨筆手記，五〇年代初台北景觀人物乃通過筆尖一一保留下

來。文學史書說此時多生產「反共懷鄉文學」，作者以書名輕易打破這類刻板印象。此書修訂新版更名《我在台北及其他》，1986年由純文學出版社印行。

46-1

46-2

46-3

46-4

46-1 散文集《我在台北》1951年重光文藝初版本。
46-2 作者徐鍾珮是知名女記者，散文集銷路好，不斷再版。
46-3 《我在台北》封面「人事時地」明顯。
46-4 1986年修訂新版，更名《我在台北及其他》純文學出版社印行，封面攝影：王信。

海濱隨筆

鍾梅音《冷泉心影》

重光文藝出版社初版（1951年）／散文集

蘇澳「冷泉」乃宜蘭風景名勝，鍾梅音1948年自大陸來台，很幸運地住進這濱海小鎮。居處偏僻雖不免寂寞，但朝夕與大海為鄰，帆影濤聲，松風鳥語，提供作家絕佳書寫環境，得以全副精力創作。《冷泉心影》精選三年來發表在各報短文三十篇，追憶往事，記錄鄉居閒情，抒發來台所見所思，感情細膩，文字親切有味。

1950年代台灣出現大批女性作家，散文小說量多而質精，橫掃讀書市場，令男性作者刮目相看。陳紀瀅在書序提到：

> 我們的女作家替這時代貢獻了她們特別豐富的情感和思想，燦爛了自由中國文學史篇。

這話其實三分弔詭；眾所周知，戰後各版「台灣文學史」無不將這「十年文學」歸入「反共戰鬥」時期；解嚴前後兩岸男性史家眼中，女作家關心的是「婚姻愛情，家庭瑣事」，眼光短淺，「不管國家興亡」，不能反映偉大時代。

《冷泉心影》便是道地一本「身邊瑣事」的散文集，書中各篇標題即是最好說明：〈雞的故事〉，〈鄉居閒情〉，〈賣蛋記〉，〈阿蘭走了以後〉，〈閒話台灣〉，〈遙寄我父〉，〈礁溪半日〉……既是鍾梅音來台不久真實生活的寫照，也可說是來台女性知識分子所思所想、日常生活的縮影。有別於其他住在城市的公務員作家，鍾梅音住蘇澳——環境清幽，有園地可種菜，有全副精神可閱讀與寫作。在地書寫正是此書特色，她們的文本流露「台灣新故鄉」落地生根的思維。

《冷泉心影》作為書名，其實書中並無一篇同名的文章，作者只是讓地名或居住環境自然地反映在書名上。就像她在1954年的第二本文集取名《海濱隨筆》一樣。而鍾梅音究竟住在宜蘭蘇澳什麼地方？書中有段精彩導覽：

> 蘇澳是台灣東北部的一個小小港灣，南方澳與北方澳像兩隻蟹螯，將海水彎彎地圍將過來，我的家，便是螃蟹的一隻眼睛。

多好的描寫，日日能與藍海為鄰，又是多麼幸福。

鍾梅音（1921～1984）福建人，在北京出生。念過湖北藝專，

廣西大學文法學院,雖因戰亂未正式畢業,一樣造就她能寫能畫,多才多藝的生活。來台後曾主編《婦友》月刊,大華晚報副刊,主持電視節目「藝文夜談」,很活躍於戰後初期文壇。她出版的眾多書籍中,名氣最大的,當是環球遊記散文,風行書市多年的《海天遊蹤》,談戰後台灣「旅遊文學」祖師奶奶,鍾梅音應該當之無愧的。

47-1

47-2

47-3

47-4

47-1 「冷泉」指宜蘭蘇澳的濱海小鎮,《冷泉心影》
　　　1951年由重光文藝初版。
47-2 《冷泉心影》1954年再版本。
47-3 《冷泉心影》1956年三版封面。
47-4 《海濱隨筆》1954年大華晚報社出版。

心靈的船隻

王文漪《愛與船》

東方書店經銷／（1951年7月初版／1952年四版）／散文集

書名何以取《愛與船》？引作者的話：「在我們任何人的心靈裡總有一隻船，這船就是我們的希望，也是我們的寄託」。短短幾句，不論句型比喻都讓人體驗半世紀前，來台女作家的抒情風格。她們的中文優勢，筆下散文流露的軟性溫情，很快在文壇形成風氣，全盤占據1950年代島嶼的讀書市場。

出書時間是1951年。想想大批黨員軍眷剛來到陌生海島，多數家庭仍忙著適應與安頓，家具或許還買不齊全，拿筆的作家卻已等不及要把文章集印成書了。國府入台初期，讀者最多、銷量第一的文類，正是如《愛與船》這一類抒情散文。且看琦君、艾雯、張秀亞等人散文集無不一版再版。她們無論筆名或書名，總是那麼芬芳且文雅，例如張秀亞出版的《三色堇》、《尋夢草》，琦君有《菁姐》、《百合羹》，艾雯散文《青春篇》等，花影繽紛，香氣襲人。今天的讀者只怕很難把這些花兒草兒與背後「反共戰鬥」的文學生態，或戒嚴初期白色恐怖政治背景一起聯想吧。

此書外觀還看得出：早在戰後初期，文壇已有專業或專家設計封面的出版風氣，梁雲坡尤其是這方面高手。畫面中間一隻揚起風帆的船，另一邊飛起兩隻白鳥；仔細一點看，還是一對正談著戀愛的鳥。他們一左一右排在同一海平面上，對稱地配合了書名「愛與船」；封面以「單色呈現」看似儉樸，然而畫面整體架構比例勻稱——字與圖、字與攔腰一道海平面形成的和諧感，在在看出畫家的深厚功力。

文學史家喜歡把台灣1950年代概括為「反共戰鬥」時期。「文壇史事」果真如此的話，恐怕是全靠男性作家們來扛起這輝煌「時代任務」。史書曾諷刺女作家們「不管國家興亡」，專寫身邊瑣事；一點不錯，《愛與船》正是道道地地符合條件的好例子。看這些題目：〈阿里山的雲霧〉，〈瑤池〉，〈陽明山頌〉，〈觀球記〉，〈我住在川端橋畔〉，〈螞蟻〉，〈祖國戀〉，〈中元節思我父〉，以及壓卷的〈愛與船〉。寫來寫去，無非身邊芝麻小事。

作者王文漪（1914～1997），江蘇人，1949年來台。南京金陵大學畢業，革命實踐研究院第十六期結業。歷任報社副刊主編、特派

員，新中國出版社、《軍中文摘》、《軍中文藝》、《婦女月刊》主編，國民黨婦工會總幹事等。如今年輕一輩讀者也許不認識她，其實她既寫散文又任編輯，早年地位與林海音，聶華苓等知名主編不相上下。尤其王文漪編的是「軍中刊物」，也是台灣「國軍新文藝運動」重要推手。她們在編輯檯上或推動文學發展上，扮演同樣吃重角色。而王文漪父親王柏齡官拜陸軍上將，乃黃埔軍校創辦人之一；寫到這裡，我們終於慢慢把「女性散文」與「戰鬥文藝」能夠合成一體。

48-1

48-2

48-1女作家王文漪歷任軍中文藝雜誌主編：散文集《愛與船》1951年東方書店初版。
48-2 1952年四版，封面設計：梁雲坡。

感情的花朵

張秀亞 《三色菫》

重光文藝初版（1952年）／爾雅出版社再版（1981年）／散文集

「張秀亞」三字，老中青三代文藝青年大多熟識。她的散文集在1950年代書市可說本本暢銷。自從在台出版第一本散文集《三色菫》，第二本《牧羊女》以來，逐漸帶起「女作家抒情散文」的主流風潮，也使得「美文」多年來成為散文美學原則的主導思維。張秀亞文學觀、散文創作理念，經常通過文集的「前言後語」表達出來。此一特點與她書籍暢銷，因而各版「題記」特別多有關。例如《牧羊女》前記便提到：在文學諸種體制中，她獨鍾散文，原因是：「它雖需要精心刻意，琢磨完美，但它並不像說部，需要結構謹嚴；不像詩，一字一詞都要精鍊圓潤。自如，隨意，是它的特徵。」同樣地，這些序言本身也呈現其抒情特色與典麗修辭。《三色菫》新版序寫道：

這株開著鵝黃、皎白、寶石藍色花朵的三色菫，自我的心中移植到地上以來，時光的溪河已潺湲的流過了多少個日夜。

花在地上，也在心中。她鍾愛這部散文，還因書名象徵了作者的心靈世界。書裡第一篇〈種花記〉，描寫的是她來台不久有了住處，遂買花籽栽種，而後看花抽長的過程。種花原是平淡無奇的日常生活，但作者一枝生花妙筆，將種花過程寫得壯麗感人，彷彿一齣表現人生奮鬥的寫實劇。序言說：

種的花在形式上是三色菫，但也可以說是我的感情的花朵，因為伴著那些細黑的花籽投入地上的，還有我無限的熱情與愛。

此所以「三色菫」作為書名，有其特殊的象徵意義。書中並無一篇文章叫三色菫，它只是首篇〈種花記〉開出的美麗花朵。作者將三色菫的不同花色，代表她最喜愛的三樣寫作主題：「大自然，孩童，以及我所最讚美的神聖感情——愛。」綜合這些實例，雖只是來台第一本書，但其內外特色，包括出版時間，藝術手法，主題象徵等等，多少已具體而微地呈現散文家一生「驅著字句的羊群，逐

幻想的水草而居」的寫作風格。

　　本書收入十八篇散文，由「重光文藝」初版。陳紀瀅讚美此書「文句如維納斯一般的美麗而嚴肅」；陳之藩說閱讀它「如同走出了一片塵囂，來到一澄明的藍湖之畔」。1952年付印的限量首版，封面鮮麗雅致，與後來一刷再刷的制式書衣大不相同。今日市面流通的則為1981年「爾雅」新版，內容略有修改。常向朋友推薦此書長篇書跋：〈我的生活及文藝道路〉，是認識張秀亞生平不能錯過的第一手資料。

49-1

49-2

49-3

49-4

49-1 《三色菫》收張秀亞散文十八篇，重光文藝出版社1952年初版。
49-2 《三色菫》代表女作家心中感情的花朵，作者抒情美文暢銷早期台灣文藝市場。
49-3 《三色菫》重光文藝再版本。
49-4 爾雅出版社1981年增訂內容重排新版。

餘韻裊裊

琦君《琴心》

國風雜誌社初版（1954年）／爾雅再版（1980年）／散文集

琦君來台之後才開始投稿寫作。1949年初抵海島，背井離鄉，不免孤單鬱悶，遂在師友鼓勵下嘗試投稿。沒想到不僅文章很快被刊出，也因此認識許多文友編輯。這讓她得到不少鼓勵，心境隨之豁然開朗。《琴心》一書便是初來台三年間發表的文章總集，有小說也有散文。此期間她一邊在司法行政部當公務員，一邊擔任《國風》月刊助理編輯。由於稿源缺乏，她只好一連串趕出幾篇小說補白。沒想到月刊主編張文伯，還有丈夫——身邊兩個重要男人都鼓勵她將文章結集出版，「給自己留個紀念」。幸運的是，還請到名畫家梁雲坡設計封面，處女作於是穿一襲漂亮衣衫，與讀者正式見面。

與書同名的短篇小說，寫的是女鋼琴家與作曲家，各自失去伴侶之後，兩顆寂寞的心最終以音樂結合；一篇寫法雖傳統卻溫馨感人的戀愛故事。畫家自此文得到靈感，以一台鋼琴圖案疊以飄動音符。雖用黑與灰作主色調，卻讓書名——紅色「琴心」兩字，更加鮮明突出。封面本身彷彿一幅發出琴音的現代畫，兼能傳達琦君如行雲流水的散文風格。

「琦君為文，不事雕琢，長於心理描繪，而以空靈淡雅勝。其情致有如綠野平疇，行雲流水，令人超逸意遠，餘味常在欲言未言之間」。

這是張文伯寫在書序的評語。原來早在1950年代琦君剛出道，不僅文章大受讀者歡迎，文壇圈內也不乏知音。1954年借雜誌社名義自費出版，書一出廠，作者便「小販似的騎著自行車，載著書」到台北衡陽街各書店挨家寄售。沒想到銷路極好，佳評如潮，兩年間五千本便銷售一空。可惜大意間拆掉版型，書也從此絕版。如今市面流通的《琴心》乃初版二十六年之後，1980年重排再生的「爾雅」版。新版封面正中央，大大印著：「琦君的第一本書」。這畫面正告訴著讀者，其一，此書是再版本；其二，作者必是成名作家——哪個年輕人初次出書肯在封面如此宣揚呢？新版「校後記」裡，作者回憶：書裡一字一句，「有我的歡笑，有我的眼淚，有我對過去不盡的懷戀，對未來無窮的寄望」——讀來依然是大家熟悉的，溫柔敦厚的琦君文筆，餘韻裊裊，令人回味。

50-1

50-2

50-1 《琴心》一書有小說也有散文，1954年國
　　　風出版社初版，封面設計：梁雲坡。
50-2 爾雅出版社1980年增訂重排新版。

美麗又耐寒

林海音 《冬青樹》

重光文藝初版（1955年）／純文學再版（1980年）／遊目族（2000年）／散文集

林海音生平第一本書印行二十五年之後，才由她自己主持的「純文學出版社」重排再版。遲遲付印的主因，是她一直考慮著：「是否增添或刪減什麼的」。但最後決定是：「仍照原來面目出現」。因為：她有心留下當年寫作的痕跡，以及當時的社會情況、家庭生活、人們的思想等等。

《冬青樹》初版於1955年，收集她從北平剛到台灣那幾年最早發表的散文和小說。最早一篇是1950年婦女節刊出的〈爸爸不在家〉，最晚一篇1955年7月登聯合副刊的〈小紅鞋〉。全書三十二篇，大部分刊於當時《中央日報》副刊、《婦女與家庭》、《新生報》「新生婦女」兩周刊。至於全書內容，引作者重排序言：「無非是針對家庭、倫理、婚姻、兒教而發，……雖說是為生活找些貼補，但主要還是為興趣」。

一九五○年代台灣文學環境，經濟是物質匱乏，政治是保守戒嚴，攜兒帶女來台的林海音，於動盪年月一邊趕緊把「家」建立起來，一邊先安置一張書桌伏筆寫作。她膝下三女一男，有這「一群小鴨」要餵養不說，新聞專科畢業的她，還在報社編副刊，當職業婦女。她是管三餐的「一家之煮」，公務家務兩邊忙，深夜還挑燈寫作。好在年少體健、精力旺盛；用她的話，那是一段「窮開心」的日子。

重讀《冬青樹》，字裡行間聞得到一股不同於周遭的淡泊真摯，處處散發「以主婦角色為榮」的女性光彩。題材雖不脫婚姻親子，丈夫兒女，但其俐落爽脆的文筆，正如她一口圓潤京片子，書頁間翻滾著串串真情與笑聲。如此坦蕩，能敞開胸懷的居家散文，就像裝訂成冊的「另類寫真簿」，為遷台文人落地生根的歲月，留下第一手紀錄，也替早年流離克難的生活景觀定格。

本書還有一層「夫妻合作」的文壇佳話——太太出書丈夫寫序。丈夫何凡是知名專欄作家，雖說：無前例可援，「不知如何下筆」。其實序言風趣幽默、言之有物，本身洋洋灑灑已可作「如何為妻寫序」的範本。此書更精采處是書名：作者立足戰後文壇五十年，除了作品流傳，更是事業有成的編輯家、出版家。她站在「文

學本位」的立場，堅持「純文學」形象，美麗耐寒，歷數十年而不

凋──「冬青樹」正好是林海音作家形象的最佳象徵。

51-1

51-3

51-4

51-5

51-1 《冬青樹》1955年重光文藝初版本。
51-2 《冬青樹》收集1950年至1955年間林海音來
    台後發表的散文及小說。
51-3 重光文藝出版社再版本。
51-4 1980年由林海音本人主持的「純文學出版
    社」重排新版。
51-5 2000年游目族文化公司整編「林海音作品
    集」重新出版。

真摯所以流芳

劉枋《千佛山之戀》

今日婦女社初版（1955年）／散文集

《千佛山之戀》是「山東姑娘劉枋」來台後第一部作品集。舊書店初遇此書，即被封面單純幾筆線條，竟勾勒出這般「動中有靜」的山水意境所吸引。買回家閱讀，又讓短序〈寫在前面〉透露的作家風範——不虛矯、真誠面對作品的胸襟所折服。作者開宗明義寫道：

> 因為深知這是本由些不成熟的作品彙輯而成的不夠水準的小集子，所以不敢請文壇先進或圈內友好代為序文。

短短兩句坦誠直接，反而比叨叨序文更簡要介紹了此書，也顯作者的大氣率直。「劉枋所以流芳，源於她的真摯與誠懇」，一點不錯，與同輩女作家相比，性格明朗，眼界開闊是她最大特色。劉枋（1919～2007）不僅創作起步早，還是「多面寫手」，好友林海音稱讚她是「五項全能」。單看其出版歷程——1955年春出版第一部散文《千佛山之戀》，同年夏天出短篇小說《逝水》（大業書店）。隔兩年，推出「廣播劇選集」《陋巷天使》，再隔兩年，出版長篇小說《兜手》，即是證明。劉枋來台不久進報社編副刊，曾任大型期刊《文壇》主編，活躍於1950年代文藝圈的情況可以想像。

既編也寫，對自身出書難免要求嚴格。不請人寫序之外，即使已將全書分成上中下三輯，仍有「蕪雜之感」而「內心慚怍」。其實1950年代各家文集多如此編排：作家集合過去文章出版，依年代或性質分輯，再無更好方法。而她請來梁雲坡繪製封面，線條流麗雅緻，畫面渾厚深沉，山水景緻透出情意，內文外圖搭配有如紅花綠葉。

祖籍山東，塞外出生的她，有文壇「燕趙女俠」之稱，文字明朗一如其人。加上半生走南闖北，閱歷豐富，寫角色悲歡離合明快曲折，引人入勝。例如本書風格，即與同輩抒情散文大不相同：不只寫自己，許多篇章有人物有情節，其實難以分清到底小說還是散文。

許多人不知她出身「理工科」——畢業於北平中國大學化學系，且一離校即投入抗戰行列；引她的話——「不是投筆從戎，而是棄科學就文藝」。大陸時期任南京《益世晚報》主編，來台後是《全民日報》副刊編輯。稿源匱乏時，換著不同筆名上陣補白；長時間擔任「台灣婦女寫作協會」總幹事的她，晚年入佛光山修行求道，完成《六祖慧能大師傳》電影劇本。劉枋2007年去世，享年八十八歲。

劉枋散文集《千佛山之戀》今日婦女社1955年初版。

廣播人的散文

羅蘭《羅蘭小語》

台北：文化圖書公司初版（1963年）／專欄雜文

《羅蘭小語》能在台灣書市暢銷好長一段時間不是沒有原因的。書名真美，文字又那麼順暢好讀。各篇短短的，清簡柔軟彷彿與你談心。更難得的是內容撫慰人心，字裡行間總是鼓勵人朝正面的，善的方向發展。這些散文特徵，不難聯想到作者是一位廣播人的職業背景。

總被稱為「文化沙漠」的1960年代台灣社會，晚上七點「警察廣播電台」一個「安全島」的節目，伴隨柔美古典音樂，主持人以低沉，堅定而溫暖的聲音，娓娓說著觸動人心的話語；時而解答聽眾來信，為他們指點迷津。這些聲音後來轉化為文字，書市因而有了《羅蘭小語》一輯接著一輯出版。

將「廣播稿」成書面世，一般人以為容易，其實很不簡單；「口語」和「書寫語」實際上大不相同。羅蘭第一次出書，是將「五年來陸續寫下的三四百萬字，經過仔細的選擇之後」，才得此書的十多萬字付印出版。〈後記〉還提到：整理過程中耗費她最多時間的，即是「把那些只適於廣播，而並不適於閱讀的地方，加以修改或潤飾」。無怪乎戰後迄今廣播節目何止千千萬萬，能像《羅蘭小語》這般成功暢銷的例子卻是鳳毛麟角。

本名靳佩芬（1919～2015），羅蘭原籍河北。中學讀的是師範，大學讀的是師院，初入社會很自然先去教書，教的是她最喜愛的音樂。1945年從「小學音樂老師」換跑道進入天津廣播電台，1948年更獨自一人來到台北繼續廣播員的職業。其身分背景與同時期女作家如張秀亞、琦君、艾雯等固然大不相同，但面對文字書寫的講究，認定作家對社會有教化責任的觀念卻是一致的。在台灣文壇，她是少數同時獲得中山文藝散文獎，與廣播金鐘獎的作家。由於散文集常年銷量龐大，社會影響力相信是高於其他女作家的。

《羅蘭小語》第一輯出版於1963年。羅蘭回憶：當年把廣播稿改了好幾遍，才成為可閱讀的文章，然後拿著整理好的文稿，大著膽子走進重慶南路「文化圖書公司」尋求出版。她只要求「紙張要好、版面要寬綽」。後來封面請畫家廖未林設計，成為那年代少有的精美出版品。

「人生是寂寞、孤零、艱苦,而又快樂生動的一段旅程」,羅
蘭說:「讓我們一同以欣賞之情,在風雨飄搖中,渡過這段險橋
吧!」說是「小語」,五十年後的今天讀來依然大有作用。

53-1

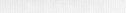

53-2

53-1　羅蘭將聲音柔美的廣播稿化作小品文
　　　字,每一集無不暢銷於書市。1963年文
　　　化圖書公司初版。
53-2　《羅蘭小語》獲中山文藝獎,封面設
　　　計:廖未林。

引進西潮

胡品清 《現代文學散論》

台北：文星書店初版（1964年）／散文集

胡品清（1920～2006）籍貫浙江紹興，浙江大學英文系畢業。在台灣出第一本書的1964年，她頂著「法國巴黎大學文學博士候選人」頭銜，1962年剛從法國抵台，任教於中國文化大學法文系。四十二歲歸國學人能寫能譯，中、英、法三種語文俱佳，可分別以三種語言寫作、翻譯，這在台灣無論藝文或學術界都是不多見的。

雖然後來的胡品清創作更多新詩、散文等洋溢著少女情懷夢幻色彩的唯美作品，但第一本書卻是發揮所長，向中文讀者介紹西洋文學哲學，介於學術與散文之間的論述。此書是她從巴黎返國後，在各雜誌發表文章的結集，有長有短：「有的是西洋現代哲學思想之介紹，有的是法國二十世紀文學思潮之通論，有敘述法國詩壇之演變，有的描述法國歷代文化沙龍之特徵」，雖非系統性譯介或評論，但正如自序所言：「由於現代哲學是和文學打成一片的」，因此她為書取名《現代文學散論》，交由當時文化界名氣最大引介西潮最賣力的「文星書店」出版。

1960年代台北天空吹起一陣西風、熱衷西化，正是史書所謂「現代主義」、「存在主義」興起的文學時期。此書不僅介紹沙特、卡繆、尼采等哲學家，更討論「德國存在主義詩人里爾克」、「英國籍的美國現代詩人艾略特」等。除了介紹法國文壇（如「法國詩壇的演變」、「法國的文化沙龍」），壓卷三篇亦將筆尖從西方轉到東方。像是：〈論新舊詩之分野與創作〉、〈談中國文學裡的象徵與西洋文學中的象徵主義〉，可說橫跨中西文化甚至運用比較文學手法。

作者自序裡承認：各篇文章「興之所至隨手寫來，集在一起的時候不免有些顯得蕪雜零亂，連命名也有點困難」。然而歸國女學人終究是實力派且態度認真。她在序中強調：

我有一個主旨：那便是介紹西洋現代哲學思想和文學思潮之主流；我有一個原則：那便是把報告文學寫得不太像流水賬，把文學評論寫得不太枯燥，把哲學評介寫得不太抽象……。

語氣裡展現著自信。她要求自己用深入淺出的筆法，好讓一般讀者樂於接受這些陌生的、來自西方的東西。從法文系主任到研究所所長，胡品清在文大任教多年，一生致力於創作與翻譯；不僅中譯法國文學名著多種，也法譯中國古典詩詞。她勤於創作，著作早已等身。而扮演中法文化交流的橋樑角色，原來在她踏出寫作第一步、出第一本書的時候早已顯露出來。

54-1　台北文星書店1964年初版。
54-2　傳記文學出版社1971年再版。

54-1

54-2

載走和載不走的
劉靜娟《追尋》

台北：幼獅書店初版（1965年）／散文集

圈內都知道劉靜娟是散文家，不知道的是，她生平第一本書卻是小說集。

從十八歲開始寫作迄今，半世紀以來已經出版超過三十本書，百分之九十以上都是散文集。1958年起在中央副刊陸續發表作品，得到評家與主編，包括「文星」蕭孟能、鍾肇政等人注意。通過隱地介紹，1966年在文壇最亮眼的「文星書店」出版第一本散文集《載走和載不走的》。同批出書還有張曉風、康芸薇等九位青年作家，書店櫥窗用了一句精彩的廣告詞，稱他們是：「一派耀眼的新綠」。

資料上看得到，蕭孟能固然效率高，站文壇邊緣的省籍作家鍾老師在行動上更加積極。趕在1965年10月的好日子──國民黨政府認真慶祝「台灣省光復二十周年」，由鍾肇政主編策畫一套「台灣省青年文學叢書」。除了李喬、鄭清文、鄭煥等，劉靜娟也是被邀請的對象。於是整理出九篇小說，取名《追尋》由救國團所屬「幼獅書店」出版。劉靜娟說，當年好興奮、好在意，還特地跑去印刷廠校對呢！換句話說，「小說」才是她初試啼聲第一本書──比文星「新綠」早一年已開葉發芽。

《追尋》各篇多為五、六千字小說，只有最後一篇〈新霽〉長達兩萬字；中間一篇〈細雨霏霏的日子〉則近於散文。劉靜娟提起此書說：「大都是虛構的、幻想的，當然也有些生活觀察」。鄭明娳論文則把她早期作品歸於「少女寫實」。我的看法是，早期作品即使「虛構」也有周遭生活作為藍本，題材背景尤然。有意思的是，《追尋》裡好幾篇都是「兩男一女」的「初戀少女」三角戀愛故事：女主角為了從兩位男友中選擇其一，生出曲折情節，結局雖不同，皆筆觸清純，引人入勝。像首篇「追尋」即是典型：男友出國前把心愛女友託給最好的朋友照顧；不料日久生情，女孩發現：這位照顧他的男孩才是真命天子。於是寫一封長信向遠在美國的男友表白，誠心抱歉──女性總認為「面對感情」應該坦白真誠；身邊男孩大不以為然，堅信情義為大，私下感情必須埋葬隱藏，遂痛心疾首遠離女孩而去；坦白的結果竟是兩頭落空。

而「坦白真誠」的確是劉靜娟這些年來的文字風格。昔日曾把

劉靜娟散文歷程分成三個時期，這裡且以「剪輯書名」的方式呈現──最早期，「載走和載不走的」，一如「追尋」，這是少女時期的劉靜娟，「眼眸深處」都是浪漫與遐思，對人生充滿期待，對世界充滿好奇，也有不少瑣碎的煩惱。

第二期，「歲月好像一個球」，這時期的作者從少婦到為人母，從單純小鎮女孩到都會上班族，記錄一個女人面對生活，逐漸成長、蛻變、到圓熟的過程。不輕易放下手上這枝筆，她以一篇篇散文串連起來，完成一個女人的「成熟備忘錄」。這個階段加進來兩個活潑可愛的小男孩；除了夜晚一盞孤燈下，傾聽「響自小徑那頭」夜歸丈夫輕快的足音，這位少婦雖有柴米油鹽要煩惱，有兩個小蘿蔔頭要教養，但因她有一枝筆，她喜歡寫，所以照樣興致勃勃地記錄著生活。因為好奇，所以細心觀察。更「因為愛」吧，她寫柴米油鹽可以寫得活繃亂跳，寫一些「逆風而上」的大道理，讓讀者聽起來只覺「笑聲如歌」。

第三期，「採集陽光與閒情」，小孩長大了，工作圓滿退休了，可以自得其樂「布衣生活」，也可以穿一襲漂亮風衣、高馬靴，很有氣質的到中山北路閒逛、看雲看樹看人，也可以逛到「被一隻狗撿到」。一般人視若無睹的小事，她卻常常眼睛發亮：坐進公車，聽到前座一對母子的談話，她不是嫌人家聒噪，而是寫了「咱們公開來偷聽」，分享陌生人的「教子篇」。喜歡東張西望的她，喜歡參與、學習的她，捏陶，學畫，染布，生活裡充滿令她著迷的事物，也使她「擅長奮發圖強」，多才而多藝。

劉靜娟是彰化員林人，曾擔任《台灣新生報》副刊主編及主筆多年。退休以後，不僅閱讀，上網，寫稿；日常買菜煮飯之餘暇，依自己興趣進教室上書法和繪畫課程，近年出書已自己繪畫配圖，羨煞多少文友。

後來多寫散文的劉靜娟，1965年由「幼獅書店」出的第一本書是短篇小說集。

青春照眼

張曉風《地毯的那一端》

文星書店初版（1966年）／九歌出版社重排再版（2011年）／散文集

當代作家出版「生平第一本書」有各式各樣歷程模式；張曉風散文集《地毯的那一端》及此書多姿多彩生命旅程，可稱特殊案例。不少作家覺得「少作」不免青澀，自己不提最好讀者也忘記。張曉風例子不同，出身中文系的她，一出江湖震動武林，於文壇屬「出手不凡」型。相較於其他作家，她出道早，年紀輕輕獲得大獎──1966年由「文星書店」推出散文集時不過二十五歲，還在大學當助教，剛結婚一年半。

書中收入十八篇散文，都是她大學畢業前、畢業後，以及新婚時期發表的作品。出版隔年，獲得當時文壇級別與獎金都最高的「中山文藝獎」。直到今天，張曉風仍然是這一獎項最年輕的得獎者。而這筆獎金有多高呢？但看張曉風以「第一本書」文藝獎金，付她在新生南路買第一棟房子的比例即可分曉。民國一百（2011）年在九歌出「重排新版」的序言裡，她回憶道：「我在當年買了棟房子，在新生南路，價錢是二十一萬五千，而獎金是五萬元，我差不多忽然付了四分之一的房貸……。今天的國家文藝獎金雖高達一百萬，但絕不夠在台北買四分之一幢房子」。

張曉風第一本散文集普遍地好評不斷：「筆觸細膩，題材多元，於優美的文辭中見其真摯誠懇的處世態度……，充分展現青春生命對世間的熾愛。」相較於書上制式美言，作者本人文字更能顯現特色優點。在1978年印行的香港版序言裡她寫道：

這是我大學前後的作品，是浪漫的，唯美的，有一種不成熟的激情，以及一股生澀照眼的青春。

「生澀照眼的青春」道盡此書暢銷數十年不衰的緣由。書和人一樣有它自己的生命歷程；《地毯的那一端》堪稱戰後文壇最是「生命力旺盛」的一本書。上世紀1960年代於戒嚴體制下，是一個政治環境險惡的文學社會。以言論得罪政府，「文星書店」被迫關門後，旗下大批書的版權成了「無主孤魂」被輾轉販賣，包括白先勇、梁實秋、何凡等人作品皆不能倖免。張曉風散文原就好銷，於是文星版之外，有了大林版，水牛版，翻版盜版無法計數，甚至跨

海到香港與大陸，於是市場上《地毯的那一端》前前後後至少出現十餘種不同封面，讓它又多了項「最多封面版本」的文學書紀錄。暢銷書影響力自然不小，「步上紅毯」意象已是華文通用語彙，成了「結婚」的代用語。作家「出版第一本書」像張曉風這麼風光的真不多見，若沒有那麼多盜版，讓作家憑空損失許多版稅則更加完美。

56-1

56-2

56-3

56-4

56-5

56-6

56-7

56-8

56-9

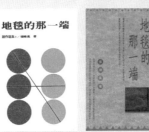
56-10

56-11

56-12

56-13

56-14

56-1 文星書店1966年初版本。
56-2 大林出版社1969年再版（大林文庫3）。
56-3 大林再版，由40開本放大為32開。
56-4 大林1984年再版本。
56-5 大林1979年再版。
56-6 道聲出版社1983年再版（道聲百合文庫）。
56-7 道聲出版社1988年再版。
56-8 道聲出版社1992年新一版。
56-9 水牛出版社1986年再版（創作選集6）。

56-10 水牛出版社1996年再版。
56-11 水牛出版社1998年再版。
56-12 水牛出版社1993年再版。
56-13 香港基督教文藝出版社1978年初版，封面攝影：董敏。
56-14 2011年九歌出版社重排新版。

不是「婦人之見」

丹扉《反舌集》

台北：皇冠出版社初版（1966年）／專欄雜文

是作家本人的記憶可靠，還是實體書「版權頁」上的白紙黑字「證據」更可靠？數十年時間過去，想來人腦容易有偏差——《反舌集》（皇冠）與《婦人之見》（平原），究竟那一本才是丹扉「第一本書」？作者在一本作家談處女作的散文選集《青澀歲月》上說：「很多人以為我最先出版的單行本是『反舌集』，錯了，它是『婦人之見』。但是，皇冠版《反舌集》序文日期，明明寫著「1966年春」；平原版《婦人之見》封底則清楚印著「1968年3月初版」。無疑的，《反舌集》是丹扉的第一本書。而作者竟須特別「澄清」的原因，有可能「平原出版社」編印時間拖得太久，「先交稿」變成「後出書」。果真如此，時間上搶在前面的「皇冠」終須掛名「第一本書」。

上世紀1960年代以至1970年代，丹扉（1926～）專欄文章在台灣文壇堪稱叫座。也就是說，她發表的「方塊雜文」有讀者，成書的文集有市場。光看她的書自1966年起便在「皇冠出版社」接二連三出版，至1979年止十餘年間已達十二本之多，平均幾乎一年出一本。若不是賣座冠軍的紅牌作者，豈能連續寫這麼久專欄，出這麼多書。有意思的是：丹扉在「皇冠」出書，從第一本《反舌集》開始，每部皆以三字的「XX集」為書名——吸塵集、搬弄集、見刺集、伐桂集、往返集、折枝集、管窺集、散舒集、碾渣集、浮塵集——這些書名顯示其「形式整齊，內容無所不包」的雜文特性之外，也看出她明快俐落的個人風格。如評者所言：「其文機智流暢，兼具自嘲、諷諭與幽默性格」。然而包羅萬象的材料從何而來？引丹扉自己的話：「我所寫的雜文，多是憑藉直覺一時之作，文中所舉實例也多係引用當時的一些新聞報導。」

早期文壇擅寫方塊的女性作家不多，何況暢銷於書市。放在戰後文學史一起觀察，論「書籍能見度」與「社會影響力」，丹扉恐怕是繼「柏楊雜文」之後的知名專欄作者。差別在一男一女，讀眾大概也不同性別。柏楊罵警察、批評社會黑暗，丹扉談的，則是教師節、兒童節、婦女節感言，或者〈拒犬記〉、〈換鳥記〉、〈醜小鴨與天鵝〉等身邊瑣事，不會有「文字獄」陰影。丹扉本名鄭錦

先，祖籍福建，生於浙江寧波，南京金陵女子大學畢業。來台後曾任語文教師、記者、仕女雜誌總編輯、世界女記者作家協會理事。已出雜文集三十種，三位女兒成長歷程（大貓二貓三貓）都成趣味橫生的雜文材料。退休後，活力充沛的她雲遊世界各地，盡情享受人生。異於同輩女作家的字斟句酌，認定文章為「千古事」，她可瀟灑多了。文字不過是某種消費品；文章對她而言，寫過就算了，忘掉它們吧。

丹扉是繼「柏楊雜文」後最具知名度專欄
作家，首部文集1966年皇冠出版。封面設
計：夏祖明。

文星書店初版（1967年）／洪範書店1983年／古典文學評論

清質悠悠‧澄輝靄靄

林文月《澄輝集》

林文月是文壇上「學者型作家」，一人兼具三種身分：她是散文作家，創作之外，她又是翻譯家，日本古典文學名著《源氏物語》、《枕草子》的譯者；在學術領域她是六朝詩專家，古典文學教授。最不簡單的是，三方面她都交出漂亮成績。

本身是散文家，由她寫自己，比其他訪談者或仰慕者的文字，更能傳達出一種婉約的神韻：

> 眾人廣坐場合，她多半靜處一隅，不愛說話，……三兩知己閒談時，她比較自在，也更能表達自己。……她天生有一種嫻靜莊重的外表。……大概面對自己書房裡的桌子，被眾書圍繞，是她最自然適意的時刻罷。（〈林文月論林文月〉見洪範版2004年《回首》）

林文月彰化北斗人，1933年生在上海。她是連雅堂外孫女，叫連震東舅舅，連戰的表姊妹。小時住上海虹口租界，受日本教育。戰後返台，從二女中到台大中文系、中文研究所，畢業後留台大教書直到1993年退休。如此背景反映在她的著作上，如同許多學者出身作家，先有學術論文，後有文學創作。按時間順序，林文月出版的第一本書，應是她的碩士論文《謝靈運及其詩》。1966年5月由「國立台灣大學文學院」出版，編在台大「文史叢刊」第17號。

其實「文星書店」出版的《澄輝集》同是她研究生時代作品。書中九篇古典詩詞文論，其中〈陶淵明與謝靈運〉、〈謝靈運與顏延之〉、〈談一談謝靈運的山水詩〉便是她碩士論文部分章節。而書名「澄輝」正是作者名字的象徵——引自六朝〈月賦〉詩：「升清質之悠悠，降澄輝之靄靄。」年輕學者生涯第一本書即在主流出版社印行，說明她自學生時代便是用功而傑出的中文系研究生。

從學者到作家的路上，因認識文友林海音，她還多了一道因緣轉折——1969年獲得國科會資助，赴日本京都大學研修比較文學一年。那年她三十六歲，一人獨處異鄉，原為打發孤寂的夜晚，既應邀為林海音《純文學》月刊寫專欄，便全力以赴，於是有了1971年出版的散文集《京都一年》。以後陸續出版《午後書房》、《交

談》、《擬古》，更有1999年由洪範出版的《飲膳札記》，將十九種佳餚食譜編織成一幅溫馨感人，兼以追懷親友知己的典雅散文，此書引領當代飲食文學風騷，而這一切全由當年《澄輝集》踏出了寫作生涯第一步。

58-1

58-2

58-1　林文月出身台大中文系，「澄輝」正是作者名字的象徵。
　　　文星書店1967年初版。
58-2　1983年台北：洪範書店再版，封面設計：郭豫倫。

威大校園青春腳印

鍾玲《赤足在草地上》

台北：志文出版社初版（1970年）／散文與評論

　　「每一個人心中都有一片翠綠的草」，鍾玲說。《赤足在草地上》出版時，鍾玲二十五歲，還在美國攻讀比較文學博士，偶以「鍾燕玲」筆名發表文章。威斯康辛大學校園大片青草地，「陽光替嫩綠油亮的草敷上薄薄一層金粉」，讓她忍不住脫下鞋，赤足在草地上走。此書便是她在威大赤足之前，與之後幾年發表的十二篇作品──散文、小說、評論都有。

　　鍾玲廣州人，1945年生於南台灣海軍家庭。青少年在高雄成長受教育，東海外文系，台大外文所，威大博士之後，曾任教紐約州立大學、高雄中山大學。1977年與胡金銓導演在香港結婚，參與電影《空山靈雨》、《山中傳奇》拍攝及製片工作。2003年起任教香港浸會大學，文學院長任內曾結合中港台作家，在香港舉辦多次大型文學活動。她本身是學者，又有散文、小說創作，於新詩評論更卓然成家。這些對文字與文學的纖細敏感，對詩論的博覽與銳利，從第一本書裡已見端倪。

　　書序兩篇，由林衡哲、方瑜分別撰寫。前者是志文這套「新潮叢書」主編；後者是鍾玲多年同學兼好友，書中三篇「雪湖書簡」便是署名寫給她的。光看「書簡」會以為是散文，事實不然，其中包含小說。就像光看書名，以為此書是散文集，其實內容有報導，有評論。一篇〈夢斗塔湖畔〉，記的是威大一場三百多人為期四天的中國同學夏令會。〈黑詩人黎燈〉，從詩朗誦會現場寫到詩的主題精神，美國黑白種族關係消長，以及鍾玲的感想與評論。壓卷之作，一是評〈余光中的火浴〉，一是論〈寒山在東方和西方文學界的地位〉，尤其前者，說是：「震驚了詩壇，為嚴肅的『批評』提供了學術性的模範，迫使『火浴』的作者不得不在半年內重寫他已發表的詩」（書封摺頁作者簡介）。對於第一本書，當時的鍾玲自負地說：她寫作的生涯「還沒有開始」。讀完全書便知此語不是謙虛，而是二十五歲年輕學者對一己才華滿滿的自信。

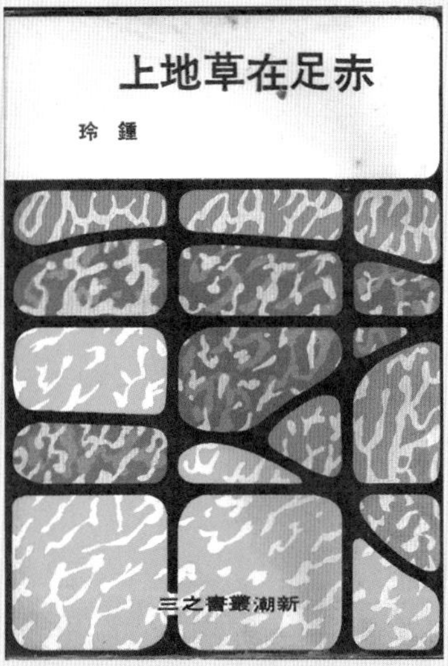

赤足在草地上

鍾玲

新潮叢書之三

「人人心中都有一片翠綠的草」，收作者最早
的散文小說及評論，1970年志文初版。

大江出版社初版（1971年）／書評書目（1976年）／爾雅（1983年）／散文・小說

海外知青所見所思

簡宛《葉歸何處》

女作家第一本書，常讓我們看見一位典型文藝少女身影：自小熱愛閱讀，敏於文字、富於想像。或以高中生活為寫作題材，或描寫身邊摯友親人故事，無形中提供讀者第一手生平背景材料。《葉歸何處》正是這麼一本帶著年輕清純、好奇的眼睛，質樸、誠懇文字風格的處女作，收入三十二篇短文，雖被籠統歸為散文集，書內其實有些是短篇小說。

仔細看一下這四個字書名，其實是一個問句的句型。

從書名看得出，與其他女作家第一本書，如季季《屬於十七歲的》，朱天心《方舟上的日子》，張曉風《地毯的那一端》，不同之處，除了書名上沒有「的」，還在內容取材上，簡宛多了海外生活所見所思，所感於台灣留學生的困境與飄零。恰如琦君在爾雅版書序給的標題，簡宛書裡有的是「親情、友情、祖國情」。作者在繁忙的美國主婦生活中，還能握緊寫作的筆，無疑背後有一位支持她的學者丈夫。果然證據見於本書〈後記〉。這篇一九七一年寫於康乃爾大學的短文說：

> 從前，每次我向朋友介紹妻的姓氏便說：「簡，簡單的簡。」她接著就更正：「不簡單的簡。」今後，我真得改口：「不簡單的簡」。

此後記同時稱讚太太寫作之餘，處理家事「裡裡外外有條不紊，飯菜還常常推陳出新，從未冷落我們父子兩個。」

簡宛的不簡單，當然不只丈夫津津樂道的家事。師大畢業的她，美國北卡羅來納州立大學教育碩士，創辦北卡洛麗中文學校，曾任「海外女作家協會會長」。迄今已出版文集三十餘部，其中《地上的雲》於一九七八年獲中山文藝獎，童話《奇妙的紫貝殼》得洪建全基金會兒童文學獎。最轟動文壇的是一九八三年翻譯出版的《愛・生活與學習》創下出版史暢銷紀錄，被《中國時報》票選為「四十年來最具影響力之書」。

簡宛曾說自己愛寫作如戀一位情人，早年還自嘲是「玩筆喪

志」。玩筆者何嘗喪志！若問葉歸何處，早已花枝春滿且綠葉成

蔭。

60-1

60-2

60-3

60-1 大江出版社1971年初版本。
60-2 隱地主持「書評書目出版社」
　　 1974年春再版。
60-3 「書評書目出版社」再版本封底。
60-4 書評書目出版社1974年秋三
　　 版。
60-5 書評書目出版社1980年六版封
　　 面，封面設計：謝春德。
60-6 爾雅出版社1984年重排新版。

60-4

60-5

60-6

陽光風格

陳幸蕙《群樹之歌》

九歌出版社初版（1979年）／重排再版（2006年）／散文集

《群樹之歌》是陳幸蕙第一本散文創作。此前出版的《閒情逸趣》是明清小品文「賞析及選注」，且與他人共同完成，遂未當成其第一本正式出版品，雖然它更能顯示作者出身背景——台大中文系學士、碩士，曾任教北一女、國防管理學院文史系。

陳幸蕙籍貫漢口市，一九五三年在台中出生。碩士論文題目：「《二十年目睹之怪現狀》研究」（一九八二年台大出版中心），從古典明清小品到晚清小說，豐饒的中文系資源與養分，加上勤懇寫作，成就她以後數量可觀的各類創作。正像孫如陵書序所言：既有正規的訓練，也有痛苦的磨練。創作之外又編了不少選集，最突出的是一九八四到一九八八年，每年為爾雅主編一冊《文學批評選》。這讓戰後文壇首次連續五年出現「文學批評年選」，在當代文學尚未進入學術體制的年代，實在功德無量。

二○○六年此書重印新版。作家五十多歲重讀自己「第一本書」的心情是怎樣呢？雖然歲月痕跡難免，作者說：「三十年後的我，仍不減當年抒情、浪漫、積極、熱情的陽光風格」（新版序），心境正是：「一路走來，始終陽光。」《群樹之歌》顧名思義是植物的頌歌，透過寫作人的移情與直觀，花草樹木人格化之後，無不積極正面，且「栩栩欲活，饒有詩意」。 其實書名並不能涵蓋全書的內容。陳幸蕙此書除了寫樹，也寫花草；除了植物也寫動物、石頭，寫種種香味，賞析詩詞。前半部除了「群樹之歌」九篇，更有「群羽之歌」（寫鳥類），以及「群光譜」「群芳譜」（寫花）——樹只是六類當中一類而已。

為一本寫「花鳥樹木、日月星辰、人情故事」的散文集選一個合適書名本來不容易，而作者早年寫作態度是非常嚴肅的，她說：寫作不能光憑興趣，「必須透過嚴格的自律和經年累月地不斷筆耕」。原來三十年陽光風格是這樣走出來的，要將平凡事物寫出新意，果真不是容易的事。

61-1 《群樹之歌》也是植物的頌歌，1979年九歌初版。
61-2 2006年九歌出版社重排新版。

61-1

61-2

伍 不按牌理出牌

男作家第一本雜文/散文

走馬看花

吳魯芹《美國去來》

中興文學出版社初版（1953年）／明華書局再版（1959年）／散文集

吳魯芹在台灣文壇多年來以小品散文聞名，博通蘊藉，從容坦蕩，「輕裘緩帶」的意趣令作家同行欽慕。單看他幾本文集的書名：《雞尾酒會及其他》、《瞎三話四集》、《文人相重》等，不難領略其醇厚幽默的文字風格。

他薄薄的第一本小書：《美國去來》倒是絕版多年，市面早已消失了蹤跡。本書記錄他1952年一趟美國之旅：「在美國逗留的時間，總共不足百日，而足跡所到之地，若以州來計算，不止二十州。」

此書一九五三年先有中興文學版，一九五九年「明華書局」重排發行。遊記文章能再版的例子相當少見，作者謙稱他到美國只是「走馬看花」甚至「夢裡看花，所隔不止一層」。今日重讀，倒覺其謙和從容的文字經得起咀嚼再三。雖然內容主題大大美化著美國社會制度與人民，令人不得不注意到五〇年代冷戰，及美援隨之大量湧入的時代背景；這時期美國是「文化輸入」大國，好萊塢、熱門音樂源源進入台灣。

吳魯芹此書雖是旅行美國隨筆見聞，但他從身邊人物景物的觀察，不時對照東西方文化制度。尤其看到美國富而多禮的社會，字裡行間時時向台灣讀者灌輸美好的西方民主制度。單從這個角度看，這書很像當時「美國新聞處」宣傳品。而吳教授文筆雋永優雅，真是打著燈籠，花再多美元，也買不到這麼精緻有效的「美國廣告」。陳建忠教授寫過精闢的評論：「與其說是一部訪美遊記，毋寧說，『貌似』通過訪美遊記的形式，實質上更接近美國形象宣傳手冊」。

的確，把吳魯芹這部六十頁左右，字數不到五萬字的散文集，放在一九五〇年代的台灣社會背景一起觀察。在台灣大量接受美援，好萊塢文化源源流入的階段，不少文化精英受邀訪美，義不容辭擔起「為美宣傳」的任務，堅信不疑地頌揚美國民主制度。《美國去來》頁首便有此引句：「美國：自由人的土地，勇敢人的家」。

放進戰後文學史的脈絡，陳教授認為：以吳魯芹為代表的「學院派散文家」受美援文藝體制與國家文藝體制的「雙重保護」或「支

配」，散文創作偏向自嘲自娛、生活閒趣的風格與題材。結論是：
「戰後二十年間的台灣散文傳統」具有高度的文化菁英色彩。《美
國去來》初版於一九五三年，套進「散文傳統」來看──吳魯芹說
不定是戰後台灣「旅遊文學」開山祖師，而對於緊接在後的「留學
生文學」風潮相信也大有影響。

62-1

62-2

62-1 吳魯芹在台灣第一本散文集1953年中興文學出版社
　　　印行（書影由舊香居提供）。
62-2《美國去來》1959年台北：明華書局再版。

獻給青春與愛情

郭楓《早春花束》

文藝生活出版社初版（1953年）／散文集

用不著多加修飾，第一本書又是散文集，文學青年的夢與理想、詩與愛情，隱藏不住地洋溢在字裡行間，光從書名，讀者已經嗅得到青春氣息。

「用不著把累贅的讚美，或是無力的辭句奉獻給春天。有什麼漂亮的語言，能勝過春天本身底美呢！」首篇〈春天〉裡雖這麼說，年輕作家依然大聲地唱歌，縱情地舞蹈，要「採摘春天底花朵，來豐滿我們底靈魂，以充溢著活力的靈魂，來點綴春天」。

郭楓（1933～）出第一本書時才要進入二十年華。愛好文藝的他，是以無比虔誠的心與文字，晨露般清新的「早春花束」獻給愛人。後記末行寫著：「用這束純潔的早春的花，紀念我倆無瑕的愛情的第三個春天。」青春年歲的出版歷程，本身就像一首詩。

除了愛情，還有熱血的友情。靠著好些友愛的手，作者才能在物質匱乏的1953年自費出書——寫詩的楚卿一手包辦印刷和校對，主編《野風》雜誌的小說作家「師範」協助籌畫。郭楓還記得，當時是在苗栗印刷，印製費用由他一人底擔。初版印製一千五百冊，作者自留三百冊，其餘一千兩百冊交給「文藝生活」發行，社方按定價五折結算給作者。

《早春花束》全書分成三輯，各篇散文多發表於當時文壇主流期刊如《野風》或《半月文藝》。特別的是書後加「附錄」一篇，總題〈論散文〉，顯現郭楓於創作之外，很早便留意散文相關理論。其中談到「散文特質」時，有一段精彩比喻：

> 如果說：詩像一顆珍珠那樣圓潤、晶瑩，小說像人體的血管一樣脈絡分明，那麼散文該像一條河流一樣，自源頭起，即縱溢橫流，無所不及，這就是散文特色。

郭楓原籍江蘇徐州，1949年以國民黨遺族學校學生身分來台。活躍於早期台灣文壇。台南師範學校畢業後，歷任中學教師；也曾從商，但更多時間參與文學出版——如1956年與葉笛共同創辦《新地文學》月刊（出版八期），1980年代更陸續開辦「新風」「新地」

出版社，成立「新地文學基金會」，開啟1980年代推介中國當代作家作品的先河。2007年他將停刊十餘年的《新地文學》復刊，也再度大批出版中國作家文集。新世紀以來，八十多歲的郭楓寫詩寫評論，創作之餘兼辦雜誌與文學出版，精神體力簡直不輸年輕人。

郭楓第一本散文集《早春花束》1953年初版。

難以黑白對比

應未遲《匕首集》

台北：聯合報社初版(1955年)／散文集

光看書名出版者，便猜得出是一本副刊「方塊專欄」的結集。戰後台灣文壇同類雜文集多得難以計數——長期寫專欄名家如柏楊、彭歌、何凡等，各家「雜文出版量」隨便都是兩位數的，這一行競爭之激烈可以想像。然而這本《匕首集》還是有它「好看」之處：其一，它出版於1955年，此時報紙雜文都談些什麼主題，折射出怎樣的社會面貌，讓人好奇。國民黨「戒嚴令」高高罩在頭頂的年代，「匕首」如何耍得開，不，甩得開尖銳敏感話題，獨門功夫在在誘發讀者探看的興趣。

其二，作者竟然請來正港「雜文高手」梁實秋為本書寫序。「高人一出手，便知有沒有」，其序極短，名符其實「一把匕首」。他說：

> 寫這種文字，是很不容易的。……文筆必須相當潑辣，如果不是刻毒。用意必須深遠，方能耐人尋味。而且宅心必須忠厚，非徒逞一時之快。

天啊，作者如果是先看梁序而後才執筆，恐怕一個字都寫不出來吧。其三，廖未林的裝幀設計一級棒。他用俐落大氣「黑白對比」分割四方塊，將不同造型四支匕首擺設於黃金位置，遂有一股文雅銳利之氣如刀筆，凝聚於畫面久久不散。於封面一行，廖未林當年也是「畫遍天下無敵手」的，此書即是證明。

應未遲（1921～2001）並沒有像前述那些名家寫許多專欄，雖然他道道地地是一位媒體人——早在1942年進入「中央通訊社貴陽分社」任記者，來台後歷任《自立晚報》副總主筆、《大華晚報》主筆、中廣公司編審等職，1987年退休。還記得八〇年代——彼時我也在報社工作——每逢集會場合巧遇，他一定高呼：來來，我們本家，要合照一張。實際上「應未遲」非其本名，湖南人的他，「袁暌九」是本名，兩個名字都挺有意思。《匕首集》是他來台第一本書。從塵封書箱找出此書，才發現早在1993年他已題了字——題字時間一恍二十年，加上他認定「至為難得」的四十年，正是低頭不敢屈指計算，感嘆流年暗中偷換哪。

64-1

64-2

64-1 《匕首集》1955年聯合報社初版，封面設計：廖未林。
64-2 作者應未遲是位媒體人，書頁留有題簽手跡。

台北：紅藍出版社／初版（1955年）／再版（1956年）／散文集

現代眼觀傳統劇

魏子雲《戲談》

寫作範圍廣，小說、雜文、劇本、評論各類都有圖書面世的魏子雲，於古典小說用力尤深，是知名《金瓶梅》專家。同輩來台軍旅作家中，像他這樣集學術、戲曲、創作、評論於一身的文人並不多。他2005年去世，享年八十八歲，身後留下著作七十餘部，總計近一千萬字。

安徽人，出身耕讀之家。1949年隨國府來台後，先在空軍任文職，曾為當代京劇團撰寫劇本，也編過軍中文藝刊物《青溪》、《文學思潮》等。從小喜歡戲劇、古典小說，退役後教書寫作：從中學國文老師、師專，到國立藝專兼任教授。有些「作家第一本書」與後來寫作經歷關係不大，但魏老師第一本書卻與他一生文藝事業關係密切。1955年由「紅藍出版社」印行的《戲談》，就文體而言是散文，就內容言，談的是平劇。但他以現代人新眼光討論舊形式，說明他早早便涵泳於傳統戲劇藝術，也預示他後來豐富的京劇創作。

以四十篇「談戲」短文，結合成一本「戲談」，出書時三十多歲的魏子雲還是軍人身分，正主編《中國的空軍》雜誌。此書收集來台後寫的文章，策略是：「從舊劇中發現可播植新意識的土壤」，擯棄一般傳統談戲的方式，把新觀念投射到舊戲劇，藉以警醒世人。王叔銘的序言稱讚他「詞鋒犀利，語調幽默」，是別創一格的談戲小品，且「具有社會教育意義」。

此書上市後銷路不差，隔年即再版；同樣封面，顏色由紅色換成黃色。溥心畬的題字，配上小小黑白方格戲劇圖樣，整體看來可說蘊藉雅致。此書還有一特別處：書前竟加有一頁「紅藍出版社」沿革，介紹該社在重慶成立與播遷來台經過，作為在台加入「反共復國文化戰鬥事業」的宣誓。封面裡刊登「紅藍之歌」一首：說是要把「火焰般／燃燒著的青春與熱情，／甚至鮮血，／一齊奉獻⋯⋯」。此書因此給今日讀者於閱讀之餘，額外觸及1950年代中期台灣出版生態與時代氛圍。

65-1 魏子雲第一本書收40篇「談戲」的短文，1955年
紅藍出版社印行。
65-2《戲談》1956年再版。

65-1

65-2

二十年心血成書

思果《私念》

（香港）亞洲出版社初版（1956年）／台北：洪範書店再版（1982年）／散文集

光把思果（1918～2004）「第一本書」前前後後說完，可能要費不少筆墨（不對，電腦時代哪來筆墨，該說「占掉不少篇幅」）。原因之一，從初版到再版，時間拉得長不說，且大幅修改。其二，很少人第一本書「容量」竟長達二十年。自序言道，他是把：「二十年來的讀書筆記、隨感和一些回憶加以整理，寫成了這本書」。

1956年香港「亞洲」初版，作者將三百三十頁的書內容，精心編成「八個部分」。如此費神費力是「為了給讀者方便」。八部是這樣分的：第一部是關於寫作和書籍的文字（又稱文藝批評），第二部就一篇「私念」（介於散文與小說之間），「第六部是寓言式的雜文；第七部是回憶；第八部是遊記」（引號裡照抄自序）。說是給讀者方便，很大原因也是編輯的方便。

一本散文集能分成八類，可見其「雜」的程度。「亞洲」編輯部按叢書慣例寫了簡要介紹詞：「雖是些個人的感想與身邊瑣事，但言近指遠，寄託遙深；而筆底下的感情又異常真摯」。此書也是該社第一本散文集，過去多印行小說。思果本身寫散文，又是翻譯家，字斟句酌既是專業也是專長。這本書裡有一套他自創的名詞翻譯，例如莎士比亞，他翻成「謝詩丕」，雪萊翻成「謝烈」，濟慈是「柯以慈」，歌德是「苟德」，但丁是「丹迪」⋯⋯。如此「自作聰明」、「標新立異」（作者語）自有他一番道理，已在自序裡「懇求讀者寬容」。

思果本名蔡濯堂，江蘇鎮江人，天主教徒。未讀完初中即輟學在銀行當練習生。他性靜愛讀書，大多時間埋頭自修寫作，銀行工作十六年後歷任會計、祕書、報社翻譯。任職《讀者文摘》中文版編輯時，工作是修改翻譯家譯稿。1979年以《林居筆話》獲台灣「中山文藝散文獎」。思果是當代散文名家，兼攻翻譯學術，退休後定居美國，2004年在美病逝，享年八十六歲。

66-1 《私念》收集作者二十年來的讀書筆記與隨感，
　　　 1956年香港亞洲出版社初版。
66-2　經作者校訂增刪，洪範書店1982年重排再版。
66-3　1994年洪範書店版四印，封面設計：李純慧。

66-1

66-2

66-3

黃永武《呢喃集》

詠武少年詩文初集

台南：學興書局初版（1956年年）／散文集

　　書封上署名「詠武」的作者即將邁入二十歲，正在成功大學中文系讀書。首頁註明：「詠武少年詩文第一集」。單就一位「在學生」出版環境條件而言，《呢喃集》書前書後「場面」可不小，顯見是出類拔萃的學生。封面有錢思亮大師題字，扉頁有成大校長朱匯森1955年題的：「自古成功在嘗試」。題句像是長官信手拈來陳言套語，其實不然。再沒有比這一句更適切地表達了書中精神，並且從愛護學生的角度，語帶雙關地鼓勵兼表揚。

　　《呢喃集》全書一百頁，後半部收三篇文章，品類較雜，有〈雨天隨筆〉等抒情散文及一篇〈離騷〉翻譯。譯筆難度頗高，「以詩譯詩」且字句對譯，整齊排於原文下方，題為「騷賦詮義」。而占五十五頁大半本〈呢喃〉一文，方是全書主體。文分六節，一氣呵成。本文體式特殊：既非散文也不是小說，更不是詩，也不像有對白動作的劇本。嚴格說來，它是介於詩與劇之間，像是用現代「賦」體寫的歌劇，因有角色有念白卻無動作。作者於扉頁解釋——它不是劇本，而是給心靈的言語以形狀的一次大膽的嘗試。

　　年輕學子勇於嘗試，書中文字內容顯現的早慧與才華，果然預示作者後來學術生涯的成功。「詠武」本名黃永武（1936～），取得國家文學博士之後，主編學術叢刊無數，歷任中國古典文學研究會理事長，大學文學院長。擔任高雄師範大學國文研究所所長時，以《中國詩學》獲國家文藝獎。任中興、成功大學文學院長時，所編《敦煌寶藏》、《敦煌的唐詩》蜚聲國際。他著作極豐，學術論著以外，出版的《中國詩學》、《四書》、《詩心》、《抒情詩葉》、《詩與美》、《字句鍛鍊法》等，不僅馳名文苑，其古典知識及達意文字，更嘉惠當代讀者大眾。關於「嘗試」與「成功」之間，薄薄《呢喃集》似乎提供著不一樣的典型與案例。

「詠武少年詩文第一集」1956年於台南初版。

明華書局初版（1957年）／文星書店（1961年）／遠東（1973年）／散文集

美國明月

陳之藩《旅美小簡》

台灣一般學子對陳之藩散文並不陌生，中學教科書經常選刊他的短文。

《旅美小簡》共收二十三篇散文，書名援用《自由中國》雜誌上刊出時的專欄名稱。首篇〈月是故鄉明〉刊載於1955年3月，兩年後結集，由「明華書局」印行第一版，以後「文星」、「大林」書店陸續再版。由於盜印太猖獗，作者不得不回台處理，1973年授權給「遠東圖書公司」，把系列散文合為「陳之藩散文集」。最早一版《旅美小簡》成書上市時，攻讀理工科的作者，人還在美國。難怪他說：散文集是「寂寞環境裡寂寞寫成的」。作者於書的〈前記〉寫道：

> 到美國以後的生活是這樣的：上半天到明朗的課室去上課；下半天到喧囂的實驗室玩機器；晚上在寂靜的燈光下讀書；常到週末，心情上不自主的要鬆一口氣，送靜靜的想半天，寫一篇小簡，寄回國去。

異鄉是寂寞的。離家故而飄零，失鄉所以寂寞。

「寂寞」在陳之藩散文裡一點也不抽象，他用眼前的景物，身邊相伴的人物，用鮮明的譬喻，邀讀者共同感受異鄉的寂寞。倒是這本書在台灣讀書市場一點也不寂寞。尤其在六、七〇年代文壇更是一紙風行，暢銷到盜印版究竟多少，連作者自己也數不清。對文學歷史關心的人，不妨注意此書出版的時間點——五〇年代末六〇年代初，正是台灣「留學生文學」風潮興盛期。換句話說，台灣留學生文學發展的開端，正可從一系列文章發表的時間：1955年算起。

陳之藩（1925～2012）河北人，北洋大學電機系畢業，美國普林斯頓大學碩士，英國劍橋大學哲學博士。1950年代初曾任台北國立編譯館編審，編譯科學小書，才華文筆受到館長梁實秋賞識。1955年赴美留學時，身上帶著胡適先生的資助與祝福。此時擔任台北《自由中國》文藝欄主編的聶華苓向他邀稿，於是有了「旅美小簡」專欄的誕生。書中〈哲學家皇帝〉、〈釣勝於魚〉等四篇還是1955年暑假，作者在紐約州普萊西德湖打工時的作品。胡適當時是

此刊發行人，專欄成型與書籍出版，不能不加入一點友誼的因素。

　　1962年陳之藩短期回台任教於清華及台灣大學。1964年返美，歷任美國太空總署高級工程師，美國普林斯頓大學、波士頓大學、麻省理工大學教授。退休後，長期旅居美國、間於香港中文大學、台南成功大學任教；2012年病逝香港，享年八十六歲。

68-1

68-2

68-3

68-4

68-5

68-6

68-1 1957年明華書局初版。
68-2 1962年文星書店再版。
68-3 1969年大林書店再版。
68-4 1995年遠東圖書公司再版。
68-5 1990年遠東圖書公司再版。
68-6 1980遠東圖書公司再版。

離鄉與抒情

歸人《懷念集》

台中：光啟出版社初版（1957年）／散文集

火車駛動了，我憑窗而坐，望著即將逝去的宜蘭，不禁無限悵惘。車越走越遠，衷心的哀怨，宛如春蠶吐絲似的，亦愈吐愈遠，不能自抑了。

〈憶宜蘭〉一文生動描繪1950年代宜蘭小城風貌。作者說它林樹繁茂，「城在綠叢裡」，還說「山腳下白鷺成群」，小鎮上充滿樸質人情味。令他留戀的還有宜蘭的雨季：作者本來愛雨，在宜蘭「更領略雨的情趣」。如此纖細唯美風格，定有人猜測它出自女作家手筆。其實不然，作者「歸人」（1928～2012）本名黃守誠，河南人，當時是未滿三十的北方彪形大漢。善寫能編，散文新詩評論都在行。來台初期活躍於文壇，與早夭詩人楊喚交情深厚，編有《楊喚書簡》、《楊喚全集》等。軍職退役後留東部教書，在花蓮師範語文系任教多年。

《懷念集》收入抒情散文三十篇，陳其茂設計封面，列為「光啟文藝叢書」。五年間能印行七版，就當時文學環境而言已是暢銷書。其所以將文章集印成書，作者認為：它是來台初期「心情宣洩的真實記錄」。而必須宣洩的原因是：

多少年來，我一直渴念著愛我的人，被我愛的人，一些逝去的好夢以及未來的憧憬。這是促使我寫作的基本力量。

多少離鄉背井，初來島上的軍公教人員皆與作者同樣，失鄉、思親並且前途未卜。與作者擁有同樣苦悶情緒、鬱卒，自大陸來台的廣大閱眾，讀文章多少總能產生共鳴；因了移情作用，可以得到同樣宣洩。與歸人同時期散文作家如張秀亞、艾雯、琦君等都擁有龐大讀者，相信也基於同樣環境與社會因素吧。

《懷念集》收抒情散文三十篇，1957年台中：
光啓出版社印行，封面設計：陳其茂。

出手不凡

何凡《不按牌理出牌》

文星書店初版（1963年）／大林再版（1969年）／純文學三版（1977年）／散文集

作為戰後文壇「專欄寫作」歷時最久一枝健筆，何凡第一本書書名取得別緻氣魄：「不按牌理出牌」！牌理在哪裡？引人對內容好奇。行家出手顯出其文思「何其不凡」。

何凡本名夏承楹（1910～2002），在北平報社工作時與記者同事林海音戀愛結婚，國共戰起，於1948年一起到了台灣。後半輩子在台北《國語日報》工作，從編輯當到社長、發行人。作為報人，他的影響力卻發揮在專欄文字上——何凡擁有一枝寫方塊的生花妙筆，且是馬拉松長跑型。1953年開始在《聯合報》副刊寫「玻璃墊上」專欄，一寫三十多年，直到1984從未間斷。方塊文章以「社會動態、讀書雜感、新知趣事」為題材，雖柴米油鹽身邊瑣事，但長年撰寫的結果，無形中為戰後四十年社會發展變遷留下詳實紀錄。拉開數十冊《何凡文集》（純文學出版）彷彿是一部台灣常民社會生態史。

《不按牌理出牌》只是他數十本雜文集的第一本，收集1949到1963年寫的部分文章，內容是太太林海音編選的，無怪乎何凡稱它是「長子」。書中談茶談養生，寫人物也寫科學新知，如人口爆炸、韓國三十八度線等等。選作書名一文，則是何凡為《文星》雜誌寫的「發刊詞」，刊登時並未署名。原來幾個朋友合辦雜誌之初，並無多大把握，以「不按牌理出牌」為題，帶有「試一試」的意思，「姑試出之，看讀者的反應再定行止」。創刊之初原來這麼低調，足見與後來國民黨威權下「大鬧天宮」最後慘烈陣亡的《文星雜誌》姿態不同，前後任編輯也的確是兩批不同人馬。

從作者〈再版序〉裡還看得出，此書初列「文星叢刊」已屬暢銷類。後來文星書店結束，版權流落轉售，都是未經作者同意的非法版權。直到1977年此書物歸原主，回到林海音主持的「純文學出版社」，終於換過封面重排出版。作為後來的收藏者，誰都看出一頭一尾的「正版封面」皆樸實典雅，中間非法版本則草率粗俗，難怪何凡收回版權時，有一種「失而復得的喜悅心情」。

70-1 何凡是台灣文壇寫方塊專欄時間最久，影響力最大的作家，
　　　文星書店1963年初版。
70-2 首部書名便顯其文思「何其不凡」；文星之後1969年「大林
　　　文庫」是未經作者授權的盜版。
70-3 大林出版社1976年再版本。
70-4 大林1980年再版本。
70-5 水牛出版社1992年再版的盜版。
70-6 1977年純文學出版社重排新版，也回歸正版。

70-1

70-2

70-3

70-4

70-5

70-6

指引寫作道路

王鼎鈞《文路》

台北：益智書局初版（1963年）／散文集

什麼是「文路」？簡單說，文路即「作文之路」，引導學生按步就班走上寫作道路。可想而知這是一本「作文指導」的書。不簡單的是，它是這類讀物中少見的暢銷書，自1963年由「益智書局」印行面世後，即不斷再版。只要從目前收集到的五顏六色各種《文路》再版封面，便不難想像當年暢銷盛況。追溯它能一印再印的原因，固然如序所言，當時中學生課外讀物非常貧乏，更重要原因，應歸功於作者的教學經驗與優異文字功夫。

王鼎鈞（1925～）原籍山東，1949年隨國民政府來台。出版第一本書的1963年四十歲還不到。此時正在台北育達商職教國文；根據平日教作文經驗陸續發表的短文而結集此書。可以說《文路》最大亮點，正是一位作家「教人作文」本身採用了文學手法──作者引導作文時，使用故事、書信、問答等不同文章體裁，青年在閱讀興味中更容易潛移默化吸收寫作方法。

回顧半世紀前出版市場，原來鼎公一「起步」便是「暢銷作家」──四十歲已預示九十歲的「暢銷書人生」。他一生寫作歷程漫長，有別於其他大陸來台作家，其所擅長既非小說亦非現代詩：五十餘年來出書超過六十種，卻是以「散文」為寫作主軸。台灣文壇寫散文或雜文的人很多，鼎公是少數在此文類上奪得「暢銷桂冠」的作家。

作品依內容約可歸為三大類：其一，教年輕人如何寫作，歸入「寫作指南」一類。其二，著名《開放的人生》等「人生三書」，屬短篇勵志散文，歸於「心靈雞湯」一類。其三，分段完成的《回憶錄》，記錄一生從大陸、台灣、美國的「自傳四部曲」。這三類已約略按其風行於書市的年代排列──高峰期分別是1960、1980直到1990年代後的新世紀。令人刮目相看的是，三大類分別為各時期市場寵兒，讓鼎公後半生安穩住在美國紐約當「華文市場」專業作家。

回到《文路》內容。作者將二十餘篇文章分成五個單元，且匠心獨運地，按寫作過程的五大步驟──「觀察、體驗、想像、選擇、組合」依序進行。作者認定：「生活是文藝的母胎」，沒有生活就

沒有文藝，他強調即使大作家的創作方法也不過是「把生活經驗轉化為寫作的材料」而已。至於如何轉化，鼎公說：就用這五大步驟，「初學者接受了這套方法可以終身受用不盡」。

71-1

71-3

71-2

71-1　文路即作文之路，台北：益智書局1963
　　　年初版。
71-2　1982年益智書局第十一版。
71-3　《文路》暢銷於1960年代書市，是當時
　　　中學生有益的課外讀物。

小姐請坐

管管《請坐月亮請坐》

大業書店（1969年）／九歌出版社（1979年）

　　回顧他第一本書，書名就很「管管風格」。挪用口語故意不加標點，六字看起來便奇裝異服般，如一首難懂的現代詩標題。但別誤會，「詩人管管第一本書」並非詩集而是散文集。那年頭因為詩集不賣出版社不愛（其實今天也差不多），難怪「初版後記」上，管管直接表達遺憾，說，如果這是出我的一本詩集，「感動會更大」。

　　九歌版和大業書店版整整相差十年，內容相同，收散文五十七篇，唯兩書〈後記〉完全不同。你猜「月亮是誰」？原來月亮指管管喜歡的一個女子。「請坐月亮請坐，就是小姐請坐，請坐小姐。」少男情懷總是詩，眼睛儘管望著明月，心裡想的卻是家鄉或夢中戀人——「要是你今晚也在山上小湖邊看月亮你就會看到二個月亮」。阿兵哥離鄉背井，東飄西盪，但永遠把心中最好位置留給愛戀的人。少年浪漫情懷藏在文字裡，或者，也透過散文或詩的形式，變著方法把澎湃戀情流露出來。出版第一本書時管管年方四十，發表文章當然更早。當兵來到台灣：「那時我住外島，偷偷的喜歡上她，喜歡的原因之一是物以稀為貴，志趣絕不合，所以也僅僅是剃頭擔子一邊熱。」

　　這位自稱：「吾愛吃花生。吾愛看奇書禁書臭書。吾愛罵人」的山東漢子，也曾大言不慚介紹自己：「演過電影，開過畫展，是奇人，有奇才」。圈內圈外，很少人沒見過管管；未見本人的至少在電影裡也看過。這位軍旅詩人兼電影明星，如假包換是持有演員執照的。固然他號稱「朋友四千，好友三十六，仇人半隻」，友輩間描寫管管，胡茵夢筆下十分傳神：「一張冬瓜臉，幾條分布得十分『藝術』的紋路，一口誇張的嘴。嘴裡吐出濃濃的山東腔，張牙舞爪的手勢，卻配上了謙虛多禮而又練達的待人之道。」這段描繪引自九歌版首頁序言，可簡稱：「胡序」，或「胡說」。大業版僅有後記，無序。

　　管管本名管運龍，青島人。十七歲被國民黨軍隊抓伕，身不由己從山東來到台灣。曾任職左營、花蓮軍中電台；除了寫詩也寫散文，還能畫畫、演戲、編劇。多才多藝的他，婚姻生活亦多采多

姿。管管四十三歲與小說家袁瓊瓊結婚，十五年後離婚。有一子一女，十年後即詩人六十八歲時再婚，七十歲得子。詩人白靈的評語是：

> 他的詩絕、他的人絕、髮絕、衣絕、裝扮絕、表情絕、說話絕、唱腔絕、肢體動作絕，七十歲得子，絕；如今畫陶畫詩，佳作迭出，更是一絕。

　　既然管管是詩人，不能不提一下他第一本詩集《荒蕪之臉》。三年之後，即1972年由台中「普天出版社」印行小開本詩集：封面戴著墨鏡理著平頭，荒草叢中露出一張方型臉的黑白照片，便很「管管風格」。詩集初版一口氣邀來洛夫、魏子雲、辛鬱、張默等詩友寫序。詩人手上都有一管彩筆，皆為管管做了最佳素描。如辛鬱說的：「他是一隻野鹿，一片煙雲與一陣驟雨的組合。」張默則稱管管是「中國的e.e.康敏斯」：

> 在中國現代詩壇上，有誰像他那樣大刀闊斧去割掉文字的肌膚呢？

72-1

72-2

72-3

72-4

72-1 「詩人管管」第一本書並非詩集而是散文集，
　　　1969年高雄：大業書店初版。
72-2 十年後，1979年由九歌出版社再版。
72-3 管管第一本詩集《荒蕪之臉》1972年普天初版，
　　　封面設計：阮義忠。
72-4 40開本《荒蕪之臉》以作者管管的臉作封面。

文學內在課題
顏元叔 《文學的玄思》

台北：驚聲文物供應公司初版（1969年）／文學理論

「在文學理論中，我所關懷的有兩個區域，一是文學與文化的關係，一是文學的內在課題」，這是1969年顏元叔第一本書自序的話。《文學的玄思》收入他三年間寫的理論文章：「少數是因循前人的意見，多半則為我所獨創……」字裡行間，透著風發意氣，這一年他剛當上台大外文系系主任。

顏元叔籍貫「湖南茶陵」，1933年在南京出生。散文家林文月與他同年，兩人都先是台大學生而後當台大教授，差別是一在外文系一在中文系。台灣文壇與顏教授同齡的，還有寫小說的司馬中原，寫詩的鄭愁予，寫散文的逯耀東。不分類別單說「暢銷總量」，顏元叔可能排第一，他編寫各類實用英文教材印量驚人，在出版上「以量取勝」不是問題。

隨著顏教授去世，媒體談起生平事功，若非說他：1970年代「引進西方新思潮」，帶動文學批評風氣，便說他當年如何改革大學英文系教材。身處七〇年代台灣文壇，其實他除了寫評論、翻譯、教書，散文雜文創作量也很可觀。尤其在暢銷雜誌如《皇冠》寫專欄，單行本自《人間煙火》（1976）以降，單在皇冠一家，就有八部散文集問世，更別說之前在時報出版《鳥呼風》，之後在「九歌」及洪範書店都陸續有散文集、甚至小說集出版。這些似乎「不被看見」卻實際存在的文集，算不上是「文學作品」嗎？難道只是白費口水墨水，時過境遷的消費性產品嗎？何以無人注意或提起這一塊。

回到他「第一本書」。顏元叔濃縮其文學理論於兩大信條：一是「文學批評人生」，二是「文學是哲學的戲劇化」。作為「最高學府」台大外文系教授兼文學評論家，亦有其獨特的「市場亮相」模式：不出書則已，第一次生產首胎便是「雙胞胎」。緊接《文學的玄思》推出姊妹書《文學批評散論》——前者是他的文學理論，後者是他實用批評，「兩者相輔相成」。當然，實際批評援用他大力提倡之英美新批評手法。此時尚未開始他吹皺一池春水的新詩評論，僅收入其現代小說批評如〈論白先勇的語言〉等篇。這批寫在《幼獅文藝》、《純文學》、《現代文學》的文章，似引領著1960

年代文學風騷；這時，現代主義的西風還在台灣文壇上空吹著，從
這本小書紙頁上，多少還聞出那些年的崇洋風與甜酸味。

73-1

73-2

73-1　《文學的玄思》1969年，《文學批評散論》
　　　1970年，台北：驚聲文物供應公司初版。
73-2　《文學的玄思》1972年再版。

書林隨筆

亮軒《一個讀書的故事》

台北：書評書目出版社初版（1974年）／散文

書名叫：「一個讀書的故事」，就文類而言，卻非「故事」而是「隨筆」。反而出版過程本身，才是七〇年代一則生動的「寫書人的故事」──亮軒寫作投稿十年之後，才得機緣出版第一本書。

文友隱地在《書評書目》雜誌及出版社擔任主編，向他約稿出版。亮軒寫作專欄多年，於是配合出版社性質，從已發表的時評散文裡，挑選與讀書相關的短文三十篇，編為「書林散記」、「讀書隨筆」兩輯出版。無巧不巧，出書的1974年正逢國際性「紙荒」：紙張價格「一日數驚」。撿在這時候「出書」，且出版「關於讀書」的書，雖薄薄一百五十頁不到，卻頗有以精神食糧「向物質生活挑戰」的悲壯意味。序裡提到：他很樂意拿這次出書行動，做為「一張試紙」，向「今日社會的性向」探索。與亮軒同一批出版的，還有呂秀蓮的《尋找另一扇窗》。

亮軒會踏上寫作之路卻是偶然。早年讀書習慣，「喜歡隨手記下一些雜感」，備作日後翻閱之用。不料服完兵役，竟足足有兩年找不到工作，逼得他把早年草稿筆記拿出來利用，「重新裝扮了寄到報社去」，竟順利換得不少稿費，這激起他更大興趣，「陸續找出零零散散的雜記本」。於是投稿漸多，「慢慢的也上癮了」。本書內容除了讀書筆記，不少是與圖書相關或談出版現象的雜文。「書林散記」裡有一篇講讀書妙處，提到書的「可靠性」，竟是拿「書與土地」做比較：

天下最可靠的東西──土地，還難免會有災歉的命運，書卻是絕對的安全，蝕不了本的。多看一頁，就多一分見識，有時竟會「種豆得瓜」！

亮軒的能說善道，朋輩間早已聞名，筆下亦然。距離上文發表雖已匆匆四十年，但出版與書店業兩不景氣的今天，這些讚揚讀書妙處的文章，不訪妨轉做書店這行的「廣告文案」，或有益於拉高書店營業額亦未可知，尤其眼下有那麼多人熱愛炒地皮。

亮軒本名馬國光，1942年生。藝專影劇科畢業，美國紐約市立大

學廣電所碩士。當過中廣節目主持人、製作人、聯合報專欄組副主任，世新大學口語傳播系副教授，曾獲中山文藝散文獎，已出版文集二十餘部。2009年從教職退休專事寫作。

亮軒第一本散文集1974年由隱地主編的「書評書目出版社」初版。

浪在我心裡起伏

林文義《諦聽，那潮聲》

台北：水芙蓉出版社初版（1974年）／散文

2012年《遺事八帖》獲得台灣文學獎「散文金典獎」時，距離林文義1974年出第一本書已有三十八個寒暑。換句話說，寫作這條路他已經走了四十年，出版文集超過六十部，資歷之深，堅持之久，產能之高，當今散文作家少人能及。隔著四十年時光回頭看，當年如何邁開第一步，出版怎樣一部書，若距離可造成美感，則青澀歲月一步一腳印無不值得回味。

林文義首部文集：《諦聽，那潮聲》由水芙蓉出版，請胡品清教授寫序。她如此分析二十一歲的「小小作家林文義」：

就風格上來說，林文義的散文很美，像詩。就內容上來說，那是對大自然的嚮往再加上一點哲理和個人的真實感受。

三言兩語描繪林文義早年文字風格，「胡」說還真不是「胡說」。作者自序接著自敘出書心情：「一種感謝與歡悅交集的思緒，它們就像潮像浪的在我心裡起起落落」。提起年輕人出書心境三種變化——「起初是訝異，替之是欣愉，最後變成莊嚴」，出書「初體驗」原來像三溫暖般變化迅速。書名《諦聽，那潮聲》是為紀念「與一位盲眼孤兒的一段友情」。而作者已將散章合編為三輯，仍不放心地汲汲說明：「這本散文集是多樣性的，我企盼朋友們能夠看出我對美的追尋與生命的熱愛，……」表白仍嫌不足，書前還收文友一篇介紹，題目：「唯美的林文義」。

然而青澀唯美的林文義，註定是要漸漸改變的吧：看作者這些年工作經歷：從雜誌編輯，晚報記者、自立副刊主編、國會助理到電視論政者（所謂「名嘴」），光從一系列大約「稱不上唯美」的經驗履歷來看，借用林文義的話：「旅行與政治全然蛻變了我的文學取向」。

除了散文，也出版小說、新詩、報導文學的林文義，1953年出生，畢業於「藝專廣電科」。他不只能說，也能寫能畫，出版過《漫畫西遊記》及《漫畫台灣歷史》等，顯見其多才多藝。他「第一本書的故事」也很有趣——我向他提此書，回答竟是：「這是第

二本不是第一本」。怎麼回事呢？原來他整理好第一本文集交給台中「光啟出版社」（書名：《歌是仲夏的翅膀》），誰知編輯作業慢吞吞。等他第二本書稿交給「水芙蓉」，人家編輯印刷速度很快，後交的書稿反而搶先上市。兩書出版時間相隔僅兩個月。水芙蓉版本由李重重封面設計。

林文義首部散文集《諦聽，那潮聲》水芙蓉出版社初版，胡品清寫序，封面設計：李重重。

青澀歲月

陳銘磻 《車過台北橋》

高雄：勝夫書局初版（1975年）／號角出版社再版（1983年）（改名：《聽雨》）／散文

2015年3月27日陳銘磻在台北誠品書店舉辦了一場別開生面的「寫作40年暨第100冊文集出版」紀念會，書友文友雲集，場面熱鬧。原來從出第一本書《車過台北橋》的1975年，到推出第一百本書：《跟著芥川龍之介訪羅生門》這年，陳銘磻走過四十年寫作歲月，也整整出了一百本書。

「百書作者」與當年敏感、青澀文藝青年，自然已大不相同。回顧四十年寫作歷程，不論作為出版家還是旅行作家的他，兩方面成績都有可觀。陳銘磻 1951年出生於新竹，畢業於世界新聞專科學校廣電科，編過《愛書人》等好幾種雜誌，主持過電台節目，也曾是「號角出版社」、「旺角出版社」發行人。就寫作題材而言，旅遊之外，他寫原住民，寫故鄉童年與父親；出版過《部落‧斯卡也答》、《最後一把番刀》（此作得到台北中國時報第一屆「報導文學」優等獎）。1979年由遠流出版的報導文學集：《賣血人》，報導建築工人、洗屍工、原住民、男同性戀者，關懷對象遍及台灣社會邊緣族群。

回頭看第一本文集《車過台北橋》；出版時作者還是二十四歲文藝青年，由高雄「勝夫書局」印行，同時期一起出「第一本書」的還有林清玄、蔣玉嬋、許振江等，同編於「南方文叢」系列。翻開首頁，以一首短詩「獻給我生命中的一群至友」，一篇抒情散文〈代序〉。豐沛情感湧動於字裡行間，滿篇古典詩詞意象。以封底一段「作者介紹」為例：

他有過多的傳說與記憶，他的臉粗獷得一如深秋的山林。生命裡的曉風殘月，不也恰如流向海棠葉不朽的淚水嗎？

幾十年後讀起來雖濃濃一股文藝腔，於1970年代可是文藝青年時髦修辭句法。當年創作目的是：「意圖用古典和現代展示我對中國的愛」。他第二本散文集《月亮棚》後記裡更有這樣的句子：「對『中國的鄉愁』，我常是激情的，……我能說些什麼呢？我血是中國，髮是中國，手是中國，我無一不是中國。」這類句型與文本

當年流行一時，阿礴散文腔調並非特例。國民黨政府來到台灣致力於文學文化教育，在一代文藝青年身上產生的影響，其深厚不言可喻。

76-1

76-2

76-3

76-4

76-5

76-1 散文集《車過台北橋》1975年高雄：勝夫書局印行，水淼封面設計。

76-2 《車過台北橋》再版，改名《聽雨》1983年由作者主持的號角出版社再版。

76-3 陳銘礴第二本散文集《月亮棚》1977年林白出版社印行。

76-4 第一本報導文學集《賣血人》1979年遠流出版，封面攝影，設計：蘇宗顯。

76-5 《賣血人》1987年由號角出版社再版，封面設計：陳俊良。

王拓 《張愛玲與宋江》

「文學評論」作為一種訓練

台中：藍燈文化公司（1976年初版）／文學評論集

如果你問一位台灣文學系研究生「王拓」是誰，也許他能答出：小說《金水嬸》的作者。一般對王拓（1944～2016）印象，大概會說他是「政治人物」，「前民進黨立委」。讀者是健忘的，或者說，文壇位置本來邊緣，文學潮流事件很快就煙消雲散。王拓在1970年代文壇，本是活躍的「文學人」，不僅是「鄉土文學論戰」一員戰將，作為中文系出身的漁村子弟，他發表不少「討海人」題材的小說。以後參與社會改革，1980年因高雄事件入獄，才走上政治人的不歸路。

王拓第一部作品《張愛玲與宋江》1976年出版，此「文學評論集」的內容題材與其學歷背景大有關係。基隆中學畢業後，王拓考取台師大國文系，教書之餘再考進政大中文研究所。研究生時代多少受到老師尉天驄影響，也曾參與《文季》編務。這些歲月痕跡，都在此書裡留下印記。

書裡十篇評論，發表於1971到1974年之間。內容分成兩類：「當代小說」與「古典小說」各五篇。前者「論張愛玲」一口氣占了四篇，另一篇談歐陽子的《秋葉》。古典小說類主題不集中，談《白蛇傳》、《西遊補》、《三國演義》、《水滸傳》。全書依「寫作時間排序」，作者書序說：如此安排「可以讓讀者明白看出我整個思想轉變的痕跡。」口氣甚大自視甚高，而他寫評論的動機：

> 我不是專門研究文學批評的人，我的學院訓練的基礎也很差。我之所以敢寫這類評論性文章，主要是做為自己在創作時的一種訓練和參考。

看得出小說創作才是他寫作的重點。

只相差五個月，1976年8月由台北「香草山書屋」出版的《金水嬸》是他生平第一部小說集。其中以王拓母親為藍本的短篇〈金水嬸〉原刊《幼獅文藝》，是他的成名作，曾由林清介導演改編成電影。小說主題呈現工商社會傳統倫理的式微，都會子女與農村父母的疏離——子女對陷入債務困境的父母，互相推諉見死不救，讓金水嬸晚年，在鄉村在城市皆受盡折辱。初版封底如此介紹作者：

王拓，本名王紘久，1944年生於基隆市的小漁村八斗子。出身貧困，對窮苦人家的生活與感情有深刻的瞭解。他認為：「在這個時代做一個作家，只在書房裡寫作是不夠的」。因此以這個信念從事文學工作。

　　大概是嫌「小說改革社會」速度太慢了吧。兩年後，即1978年他棄筆登記參選「基隆市國大代表」，雖因政府停止選舉而作罷，王拓從此活躍於黨外政治運動而成為民進黨員。如今事隔三十多年，聽說退出政壇的王拓一度想重新提筆寫小說。回首前塵，不知政治與小說事業，終究哪一樣更有影響力呢？

77-1　　　　　　　77-2　　　　　　　77-3　　　　　　　77-4

77-1　小說家王拓第一本書是文學評論集《張愛玲與宋江》，
　　　1976年由台中：藍燈文化出版。
77-2　1976年8月出版第一部小說集《金水嬸》，香草山出
　　　版，是他的成名作，封面設計：吳耀忠。
77-3　1987年由陳映真主持的人間出版社再版，書前有他以筆
　　　名許南村寫的長序：試評「金水嬸」。
77-4　2001年九歌出版社重排新版。

陸 意難忘

女作家第一部小說

文獎會首屆得獎小說

潘人木《如夢記》

台北：重光文藝出版社初版（1951年）／中篇小說

多半的人提到潘人木（1919～2005）小說，直接就想到她的代表作《蓮漪表妹》。它確是潘作中知名度最高的一部，廣受評家讚賞。蓮書得獎並初版於1952年，就時間言，比《如夢記》得獎面世還要晚一年。

1951年初版後從未再版，絕版太久的《如夢記》幾乎已被讀者遺忘。其實它當年「亮相」的時候是非常轟動的——想想看，那時兵馬倥傯，剛從大陸撤退的國民政府未及站穩，便成立獎額極高之「中華文藝獎金委員會」，拋出金繡球「徵求反共作品」。文壇眾家搶成一團不在話下，意外的是，竟由無名家庭主婦拔得頭籌：《如夢記》獲得首屆首獎，封面上印有小字：「三十九年度小說徵選／榮獲第一名獎金作品」。

無怪乎薄薄小書，卻是由「文獎會」大頭頭張道藩寫序。稱讚它「是自由中國兩年來小說創作中最成熟的作品之一」；說它既有簡潔而婉約的美，人物創造也逼真鮮活。而我們也看得出，作者本人其實對剛出道的這部作品不夠滿意，此所以往後都未曾修訂再版。審視其內容形式，1950年獲得「雙十節短篇小說第一獎」的《如夢記》，先在《火炬》雜誌刊登，後由「重光文藝出版社」印行。全書七十四頁，算起來不到三萬字，篇幅介於中篇與短篇之間。小說女主角「愛真」嫁給童年玩伴龍莫飛，生有一女；整部小說便是母女被這位冷酷又虛偽的共產黨丈夫虐待凌辱的過程。潘人木文筆好，充分掌握故事節奏與小說語言。中央大學外文系畢業以來，讀小說即是她生活裡最大癖好。得獎時她是兩個孩子的母親，且看彼時其書簡裡無意間呈現的一段「精彩畫面」：

> 有時，朋友來家，看見屋裡靜悄悄的，但是，推門一看，常常發現我們母子三人分別躺在大小床上，每人手執一書，聚精會神在那裡看看，吃吃，吃吃，看看。

筆者私下一向認為，潘人木在五〇年代小說家裡排名第一；佩服她的才情，以及對文學的嚴謹態度。此番重讀問世時讓文壇驚艷的

《如夢記》，其情節引人入勝，其文字凝鍊流暢，卻因未達作者標
準而瀟灑斷版，足見她對自己作品要求是多麼嚴格。

絕版太久的《如夢記》幾乎被讀者遺
忘。此書獲得政府文藝獎金，1951
年重光文藝出版。

戰後首部暢銷小說

張漱菡《意難忘》

台北：暢流半月刊社初版（1952年）／皇冠出版社再版（1970年）／長篇小說

「意難忘」三字，很容易被認定是部「文藝小說」或「流行歌曲」的名字。既是張漱菡初試啼聲之作，又是戰後第一部暢銷於書市的長篇。且別小看這「第一」的頭銜——在戒嚴初期，在國家機器高分貝運作的1950年代文壇，並無「通俗、嚴肅」文學的嚴格區分。1952年《意難忘》能橫掃書市，標誌著戰後小說開始以其「市場性」突破由黨政主導的「文學生產場域」。文藝愛情小說大賣，說明台灣讀書市場逐漸走向正常化與自由化，而非僅由政府文藝政策來領導。

《意難忘》暢銷原因之一是機緣好，得到最佳「亮相」模式。張漱菡剛來台資歷淺，一般編輯室不大接受默默無聞新人作品，好些出版社稿子還沒打開就拒絕了。幸運地，她因發表旅遊散文認識《暢流》半月刊主編，竟接受她剛寫的長篇，且從1950年底逐期連載。這是一份「台灣鐵路黨部」辦的，以火車乘客為對象的輕型綜合刊物，發行量大，讀者群遍布全台。十萬字連載一整年後，回響熱烈，1952年單行本一上市很快再版三版，成為暢流社最暢銷出品。1955年更被「救國團」辦的票選活動選為「全國青年最喜閱讀文藝作品」小說類冠軍，同登「榜首」的，散文類是艾雯《青春篇》，詩歌類：覃子豪《海洋詩抄》，想見小說受年輕人歡迎的程度。

同為暢銷小說，它與後來流行於市場的瓊瑤、禹其民、金杏枝等人作品，形式主題還是有些區別。打開《意難忘》首頁，先有〈自序〉一篇。作者坦白且鉅細靡遺公開創作動機與書寫過程——說自己如何沒有寫作經驗，細述出書時如何刪改結局，以配合讀者「情感的共鳴」。我們結合文本序言一起閱讀時，不免感受某種微妙的「後設小說」風格。

原來張漱菡從小病弱，初來海島更是水土不服長期臥病。一位家族長輩來訪，見她久病寂寞，便轉述一則真實愛情故事。緣於悲歡情節不斷在腦海縈繞，也振奮了她的寫作情緒。於是廢寢忘食，病床邊她添加「自己底想像，創造了幾個神聖化的人物」。雖然沒有寫長篇經驗，竟在一個月後把這部十多萬字小說一口氣脫稿謄清，

更沒料到它竟而成為一部暢銷小說。後來《暢流》雜誌社結束，
1970年改由「皇冠」再版。但光是「暢流版」已換過多次封面，其
中梁雲坡設計的一款：長髮女郎優美坐姿剪影，姣好的黑色線條，
不僅與小說主題形成最佳搭配，也呈顯早年文壇特有的裝幀風格。
《意難忘》不僅開啟台灣戰後一頁大眾小說發展史，其印量大因而
版本多，也打開書籍裝幀走向精緻化的坦途。

79-1

79-2

79-3

79-4

79-1 《意難忘》1952年由暢流半月刊社印行，編為
　　暢流叢書第一種，暢銷書市多年。
79-2 《意難忘》再版本，梁雲坡封面設計。
79-3 《意難忘》1962年十二版，梁乃予封面設計。
79-4 1970年《意難忘》皇冠出版社重排再版。

女教授第一部小說

孟瑤《美虹》

重光文藝出版社初版（1953年）／自由中國社再版（1957年）／長篇小說

若說戰後文壇也有一張女作家「英雌榜」，則文學沙場論「功業彪炳」，寫作量、讀者群都傲視群倫者，非孟瑤女士（1919～1990）莫屬。戰後女作家裡她堪稱一位奇女子。奇特之一，論職業她是大學教授，著有《中國戲曲史》、《中國小說史》等學術大書，又兼發表過暢銷小說數十部，字數銷量之輝煌，職業寫作者都比不上。環顧文壇，少有同時擁有「學術」與「通俗」兩大讀者群者，何況她執教鞭還忙家務。奇特之二，才華多面，寫文藝小說、歷史小說之外，也寫劇本，能登台票戲，唱作俱佳。根據方杞《孟瑤評傳》（1998），她馳騁文壇四十年，出書近八十部，其中小說六十六部、學術史三部、劇本兩部、散文三部、童話五部，橫跨文學、學術、戲劇領域，才華毅力無人能及。此外她的姓也奇特，孟瑤本名「揚宗珍」，是「提手」揚，不是木易楊，常被寫錯。

孟瑤生於漢口，長於南京。1949年來台剛三十歲，自述當時情況：「輾轉來到台灣，定居台中，在師範教書，眼前一個在抱、一個在泥地打滾的孩子，課業重、家務更重，終日形神不接，困頓萎靡。」竟是如此環境開始了她的寫作生涯。出版的第一部長篇小說《美虹》，十六萬字於1952年完稿，《自由青年》連載後，隔年由重光文藝出版。以單行本論，這是孟瑤第一本書，若依發表時間，散文集《給女孩子的信》寫作更早：1950年進台中師專教書，身兼女學生導師，某日把對學生說的話，回家寫下來投到《中央日報》副刊發表，第一篇：〈弱者，你的名字是女人〉很快登出，於是陸續發表了二十篇。但直到1954年，四萬多字才整理成書，由中興文學社出版。正如書名，它是一本書信體散文，坦率親切，大受女性讀者歡迎。陸續有大業版、立文版、晨星版，無數盜印版，銷售版數與讀者數量多得難以估計。此書「站在同是女性的立場」，沒有詩情畫意，只有對女性懇切建言，談婚姻事業、談自知與自信、感情與理智，數十年來影響了一代又一代女性讀者，使無數失學或在學女子，靠閱讀此書而啟蒙，而成熟、成長。

孟瑤第一本小說絕版太久，知道的人不多，第一本散文卻是版本多到數不清，不知道的大概很少。孟瑤早期出書經歷告訴我們，其

一，文學作家社會影響力是多面向的；其二，有時散文作品能比小說更加暢銷，影響度也更加深遠。最後，何謂作家第一本書？不妨多角度思考，難以簡單地依出版時間認定。

80-1

80-2

80-3

80-4

80-5

80-6

80-7

80-1 孟瑤十六萬字小說《美虹》1953年由重光文藝出版初版。
80-2 1957年《美虹》自由中國社再版。
80-3 小說家孟瑤最早的非小說創作：《給女孩子的信》1954年初版，此為1955年國華出版社三版。
80-4 《給女孩子的信》暢銷書市，版本眾多，此為大業書店版。
80-5 台中晨星出版社1986年再版本。
80-6 台中晨星出版社1989年再版本。
80-7 台中晨星出版社1991年再版本。

從「短篇小說」起步

郭良蕙《銀夢》

嘉義：青年圖書出版社初版（1953年）／短篇小說

郭良蕙一生寫了很多長篇，生平第一部書卻是「短篇小說集」，取名《銀夢》，掛在嘉義「青年圖書出版社」名下，實際上自費印行。知名女作家究竟如何開始她一生寫作之路？從第一部書的〈後記〉讀起來，竟是「時代環境」或說「動盪時局」造就了一位小說家的誕生。

1948年從上海復旦大學畢業進入職場，她意外結識一位青年飛行員，帥哥美女很快墜入情網。「不久上海告急，我還有什麼可猶豫的？於是便來到這片安樂土地上，作了空軍太太。」原來「姻緣天注定」，包括她和台灣的緣分。

隨國民政府來台灣後，空軍眷舍配在寧靜的嘉義小鎮。郭良蕙婚後第一年有了孩子，丈夫經常出差，寂寞家居生活復甦了她從小懷抱的寫作志趣。枯坐搖籃邊，她開始集中心思「結構」一篇篇小說，完稿便投寄報刊雜誌。即使常收退稿，她並不氣餒，屢退屢投。這本《銀夢》裡，便收有被退過幾次的稿子——為了紀念自己艱辛的開始，也「像母親袒護著頑兒一樣」，全收進書裡。

書中十四個短篇，便是年輕母親如此這般在奶瓶尿布之間完成的。朋友好奇她如何做到，答案是：「白天我雖手腳不停地忙碌於家務，但是空閒著的思想卻在等著任我支配」，深夜更是伏案大好機會。別看薄薄一本書，費時長達三年方始完成。書前有黃季陸、羅家倫短序，書後有……竟然有一篇，（因為太吃驚，初讀時差點把眼珠子，不，眼鏡震飛到地上）。書後竟有陳紀瀅寫的一篇〈讀後記〉，讚賞她是「一位生活面極廣，肯用功，也有才華的青年作者」。

且別笑我的大驚小怪，如果你熟悉文壇史，1963年沸騰港台文壇「心鎖事件」——郭良蕙小說《心鎖》被查禁，同時被台灣「中國文藝協會」開除會籍；而「立法委員陳紀瀅」便是掌控文藝界黨機器，並且是「文協」握有實權的「掌門人」啊！時間相隔不到十年而已。閒言表過，回到第一本書。由郭良蕙寫作歷程顯示，她確是活躍於1950年代文壇的小說家，隔年（1954年），不但《銀夢》再版，短篇集《禁果》以及第一部長篇《泥窪的邊緣》（暢流半月

刊社）亦陸續推出。《心鎖》初版（1962年）之前，她已出版長短篇小說共二十二部；對於一個忙碌的家庭主婦而言，平均每年生產小說兩部，確實值得後輩作家佩服。而這本書封面用少見的，介於桃紅與粉紅間的青春顏色，滿溢洋洋喜氣泛著浪漫氣息，讓人覺得「銀夢」絕對是可以實現的。

81-1

81-2

81-3

81-1 郭良蕙創作多為長篇，第一部書卻是短篇小說集，1953年在嘉義自費出版。
81-2 小說集《銀夢》的版權頁。
81-3 掛名：青年圖書出版社，《銀夢》1954年再版。

人生有種種束縛

聶華苓《葛藤》

台北：自由中國雜誌社初版（1956年）／中篇小說

1949年來台不久，聶華苓（1925～）經人介紹進入雷震主持的《自由中國》半月刊，成為雜誌社唯一也是最年輕的女性編輯。中央大學英文系畢業的她，一面當編輯，一面埋頭寫作。《葛藤》便是這時初試啼聲之作，雖薄薄一百頁不到的中篇小說，企圖心與才情卻是大有可觀，預示著未來開闊的寫作前景。

那層層的葛藤，就像我們與生俱來的、擺也擺不脫的種種束縛，這就是人生。

扉頁上短短題句，中心題旨已顯現其中。小說原刊《自由中國》雜誌，於1956年7月起連載五期，同年11月出書，列為該社叢書。梁雲坡的封面設計，讓書籍整體看起來質樸而淡雅。小說內容描寫一段知識分子的婚外戀情，篇終以悲劇收尾。男主角是位中學教員，妻兒留台中，隻身赴台北教書。他愛上鄰居白綾，一位丈夫坐牢，獨自帶女兒生活的單親媽媽。結局很不幸，白綾因女兒失足溺水身亡，認定自己感情出軌遭到天譴，傷痛自責而自盡。小說末尾剩下兩個傷心的男人——丈夫出獄以為痛改前非可回家重頭開始，誰知迎接他的竟是一具屍體。

作者聶華苓後來在美國寫了一部自傳，認為她這輩子可分成「三生三世——大陸、台灣、美國」。中間的「台灣階段」是她創作高峰期：在雜誌社既編也寫，家務之餘既創作也翻譯，陸續完成長篇小說《失去的金鈴子》，短篇集《翡翠貓》、《一朵小白花》，赴美前已是知名小說家，受到海內外一片佳評。

《葛藤》或許是作者早年練筆之作，當她小說技巧愈加成熟之後，即很少再提這部少作，甚至希望讀者也一起忘記它。後來凡有機構媒體向她要「作品目錄」時，便以此書絕版為由不再羅列。做為讀者，我倒是喜歡它的樸拙真摯，情節引人。看過一份資料，意思說：小說《葛藤》表面上寫一個愛情故事，實際上是「抒寫在台灣受壓抑下幾個人物的故事」。讀者自然有詮釋的權利與自由，此雖不失為一種讀法，然而此解未免顯得嚴肅牽強，倒把小說濃濃的文藝氣息一股腦兒全給抹殺掉了。

小說先在《自由中國》半月刊連載,同年
1956年出版,列為該社叢書,梁雲坡封面設
計。

台北：文星書店初版（1961年）／皇冠再版（1969年）／躍昇三版（1990年）／長篇小說

校園言情小說

華嚴《智慧的燈》

長篇小說取名「智慧的燈」，配以源自華嚴經的「華嚴」筆名，讓人猜想這會不會是一本談哲理的書。「名與實」有時是反向的兩端——《智慧的燈》是道地一部言情小說，以上海抗戰時期校園為故事背景，大學生悲喜戀愛為情節主軸，一對校園金童玉女相遇最後相離。在1961年《大華晚報》連載之初即轟動一時，成書之後更是一版再版。由「文星」初版後歷經「皇冠」、「躍昇」再版，五十餘年間未曾斷版。近年更有電子版，提要說明：「純情的愛，美好的時光，生命的大智慧、大徹悟，盡在作者筆下」。雖廣告用語，已簡要呈現內容主題。

作者華嚴（1926～）本名嚴停雲，祖籍福建，是翻譯家嚴復的孫女，名報人葉明勳夫人，母親出身板橋林家。她畢業於上海聖約翰大學，小說即以此校園為故事場景。受父母篤信佛教的薰染，不僅由本身筆名看出，她還把「鏡花水月畢竟總成空」的小說主題，透過主角人物姓名來顯示——女主角「凌淨華」，男主角名「水越」，而這對「有情人」於小說結尾未能「終成眷屬」，尤讓廣大讀者憾恨不已，也成小說暢銷不衰另一原因。

寫序的邱言曦將此作歸在「英美閨秀小說」如：《簡愛》、《傲慢與偏見》、《小婦人》的文學傳統，稱讚其兼有「哲人的睿智、赤子的善良、華美之文采」。看起來當年文壇從評家到作者，皆無「大眾文學」或「嚴肅文學」的區分。個人則傾向將《智慧的燈》置於台灣描寫校園生活主題的「校園文學」傳統裡：從鹿橋《未央歌》到瓊瑤《幾度夕陽紅》、小野《蛹之生》、阿圖《鐘聲21響》等。

歷來台灣文學史書寫，多忽略「大眾文學」存在之意義。如描寫「六〇年代台灣文學」，皆認定此時天空吹著西風，潮流走在引自歐美「現代主義文學」。事實上，出版華嚴此書之「文星書店」正是走在「西化」潮流的典型——「文星」除了雜誌之外更推出一批批「文星叢刊」，台大外文系出身如白先勇、王文興、歐陽子等最早小說集皆於同系列叢刊推出。同是「文星」出品，新秀們大大占據著文學史篇幅。而廣受市場歡迎的華嚴、瓊瑤等小說反而被擠出史家視野。從「接受美學」的角度，被更多人閱讀、接受的作品，

在文學發展史上不是更具有正當性嗎？《智慧的燈》考驗著讀者與
史家的智慧。

83-1

83-2

83-3

83-4

83-5

83-6

83-7

83-8

83-9

83-1 1961年文星書店初版。
83-2 1969年皇冠出版社再版本。
83-3 1976年皇冠再版本。
83-4 1978年皇冠再版本。
83-5 1981年皇冠出版社再版本。
83-6 1990年台北：躍昇文化公司重排初版。

83-7 2012年躍昇版十刷。
83-8 1988年大陸湖南文藝出版社印行的簡體
　　 字版。
83-9 華嚴以日記體形式，在《迴夢約園》裡，
　　 揭開小說《智慧的燈》的面紗，2011年
　　 躍昇初版。

翻譯莎岡小說

陳若曦（譯）《奇妙的雲》

台北：學生書局初版（1962年）／翻譯小說

對創作經歷單純者而言，第一本書就是第一本書。對寫作閱歷多樣的人，「第一本書」定義要複雜些。定義如為：「寫作生涯第一本書」，有的作家可能非中文而是日文。戰後作家也可能是翻譯而不是創作。如「鍾肇政第一本書」便是翻譯，陳若曦也一樣，只不過她第一本書譯自英文。

本名陳秀美（1938～），家住台北縣，由北一女而台大外文系的她，初中就開始投稿，目的卻是賺稿費。執業木匠的父親肯讓子女一路升學，她心存感念總想減輕父母負擔。於是讀大學兼家教，畢業前後兼替出版社翻譯小說。1961年台大剛畢業，透過好友介紹，翻譯了彼時當紅的莎岡小說：《奇妙的雲》，列為「學生書局文學譯叢」系列。只以一個月時間即把全書翻譯出來，隔年書剛上市，她已束裝赴美留學。封面設計者署名「白兵衛」，不知誰的筆名，線條流麗，現代主義前衛風格躍然紙上。曾經問過陳若曦本人，可惜她也不記得設計者究竟何人了。

一般文藝愛好者較熟悉的，應是陳若曦描寫大陸文革短篇，也是她第一本小說創作集《尹縣長》，1976年由台北遠景出版。這時中國文革剛結束，還是熱騰騰的國際新聞。時事造英雄，此書因作者親歷文革，是來自中國鐵幕的第一手報導，第一部文革小說。〈尹縣長〉一文最早發表於1974年11月號香港《明報月刊》，當時她與丈夫段世堯剛離開大陸不久暫居於香港。回想大陸七年生活恍如一夢，遂提筆寫了她記憶最深刻的悲劇人物尹縣長，從此開啟她已中斷十二年的小說寫作。出乎意料小說一上市便轟動海內外；葛浩文的英譯本一出版，書評更登上《紐約時報》，台灣作家的書在美國這麼風光還是破天荒頭一回。

《尹縣長》也在台灣書市大大暢銷，三年間印了二十一版。

從第一本翻譯到第一本創作，相隔不過十四年，作者人生卻有了大大轉折。出版翻譯書的1962年，陳若曦還是一位清純的台大畢業生。之後留美讀碩士，結婚生子，又「回歸祖國」歷經七年文革洗禮——地球繞了一圈之後，終於在1980年第一次回到台灣。這時候身分已大不相同，她是國際知名小說家。她這次不是單純回來領稿

費，而是為台灣「高雄事件」回來向「蔣經國總統」遞交海外知識分子的聯名信。果然「文學與政治」的關係密不可分：若問陳若曦如何看待自己的小說家身分；她曾明白表示：「我是社會家，不是作家。文學只是我服務社會的一種方式」。

84-1

84-2

84-3

84-4

84-5

84-6

84-1 出身台大外文系的陳若曦，第一部出版品是翻譯莎岡小說《奇妙的雲》，1962年學生書局初版。

84-2 描寫文革的《尹縣長》是第一部創作也是成名作，遠景出版社1976年初版，封面設計：吳耀忠。

84-3 國防部總政治作戰部1978年另出版「軍中版」《尹縣長》，封面濃濃政治味。

84-4 《尹縣長》2011年九歌重排新版。

84-5 2016年新地文學出版社重編陳若曦作品集。

84-6 從台北到美國再到中國大陸，陳若曦七十自述：《堅持.無悔》見証時代風雲，九歌2008年初版。

少女的心靈世界

季季《屬於十七歲的》

台北：皇冠出版社初版（1966年）／短篇小說集

發現我這本書最後一頁，有兩行不知何時寫上去的筆記：

季季說：「我的第一本書1966年4月出版，收我1964年3月來台北後的十八篇小說。……那年十一月，我生第一個孩子。」

季季《屬於十七歲的》由皇冠出版。而皇冠早期版本「版權頁」經常標示不清，只曖昧寫著「本版」出版日期，讀者根本弄不清「本版」是第幾版。應是買到此書之後請教了季季本人，而留下這段筆記。季季（1944～）本名李瑞月，她是台灣「拒絕聯考」的始祖，比吳祥輝1975年出版《拒絕聯考的小子》還早了十年。家鄉雲林，於1963年自省立虎尾女中畢業；只因大學聯考與「救國團文學寫作研習隊」撞期，這位文藝少女選擇放棄大學聯考，研習隊結業時她拿到小說組競賽冠軍。

季季高中畢業隔年便單槍匹馬，勇敢地從雲林到大都會闖天下，準備靠寫作維生。1964年3月8日到台北，3月29日就在《中央日報》副刊發表她在台北第一篇小說〈假日與蘋果〉。以後接二連三密集發表，兩年間便集結十五萬字出版，可見其豐沛的創作力。《屬於十七歲的》推出後受到文壇矚目，雖有評家認為是她早期較為青澀、直覺，敘述瑣碎語言跳耀，不無缺點的現代主義作品。然而小說充分展露其寫作才華，把一個生活在台灣六〇年代制式教育下，高中少女的苦悶、幻想、迷茫的幽微心靈表達得淋漓盡致。小說主角「我」是個善於胡思亂想、叛逆，無法忍受刻板教育的女孩。十七歲少女腦中有大大小小的問號，不滿與疑問太多了，「我」注定不會是個快樂的女孩。

接受訪問，季季回憶當年驚人的創作力源頭時，她說：

我從沒讀過文學理論，想寫的東西，都是心中一盆永不止熄的火，靜靜的火苗閃爍，嗶嗶剝剝的聲音清脆，一字字全是對人世的熱情，想像和期待！

評家喜用各種主義或理論來批評季季小說，她的回應是：「我只是想用自己的觀察及自己的方式，來書寫人的各種生命狀態和各種沉落起伏過程」，她想呈現的是她眼睛所看到的人生。技巧上，她重視小說開頭切入的角度，也很注重小說結尾的意象；認為小說人物都有他們自己的生命，作者的責任「只是把他們的生命進程寫出來而已」。為了生活，季季大半輩子時光貢獻給編輯工作。退休後已重拾寫作的筆。如其所言：那熱情的小火盆則依舊在她的心中閃閃生著光！

皇冠1966年出版，收入季季最早的十八篇小說，展露少女時代寫作才華，封面設計：夏祖明。

女性成長主題

王令嫻《好一個秋》

台北：皇冠出版社（1966年初版）／短篇小說

人如其名，王令嫻（1932～2010）總給人優雅、嫻靜、溫暖的感覺。為人豪爽又熱心，一向健康的她於2010年4月驟逝，據說起因於2009年年底，為教會聖誕節表演節目的編劇排演工作過於勞累而腦溢血，送醫昏迷三個月後蒙主寵召。

王令嫻早年因幼女病逝，而於1963年將其悲慟之情寫出第一篇小說〈喪〉，發表於《徵信新聞報》（今《中國時報》）副刊，從此走上寫作之路，在家事和工作之餘斷斷續續的創作。1965年短篇小說〈好一個秋〉入選為聯合副刊精選小說，1966年由皇冠出版社出版同名短篇小說集《好一個秋》——她的第一本書，全書收錄二十篇短篇小說，附錄兩篇散文。此書中的另一篇〈他不在家，真好〉也很轟動，引起文壇的注意。作者自述：「以最平淡、簡潔的文字，表達出一個內向型女人最深刻最痛苦的情感。」

1986年將此書中幾篇小說和其他新作合輯，以《單車上的時光》之名由爾雅出版社出版。王令嫻簡潔又帶點俏皮的小說語言令許多讀者激賞。她雖生活單純，但善於觀察周遭，敏於洞視身邊人物的一言一行；從日常生活中 取創作素材，以寫實的技巧，描繪形形色色的人生故事。文字樸實無華，但描繪細緻，刻劃深刻，因而能引人入勝。雖然〈好一個秋〉寫養母養女的關係，以及養女淪落的命運，已是台灣社會消逝的歷史。但它受讀者喜愛，仍是半世紀以來學者會提起的作品，也是女性意識或女性覺醒的成功之作。

王令嫻原籍江西南昌，1949年來台。1966年由「皇冠」出第一本小說集正是三十五歲盛年。她也出版散文集、童話故事集。四十五歲起擔任台北「國語日報」開辦的國小學生作文班老師長達十餘年。寫作教學之外，她喜愛唱歌，加入靈糧堂歌唱藝術班，也是台北文友合唱團的成員。爾雅出版社主持人隱地曾寫〈敦厚爽直的王令嫻〉一文，談到王令嫻是一位生性豪爽、為人耿直、胸無城府、感情真摯的人。於2010年辭世享年七十八歲。

王令嫻文字樸實關懷女性，小說集《好一個秋》
1966年皇冠出版，封面設計：夏祖明。

現代心理寫實小說

歐陽子《那長頭髮的女孩》

文星書店初版（1967年）／大林再版（1969年）／晨鐘修訂版更名《秋葉》／短篇小說

　　歐陽子與白先勇是台大外文系同班同學，1960那年與王文興、陳若曦等在校園一起創辦了《現代文學》雜誌。初版於1967年的第一本書《那長頭髮的女孩》，全書十三篇小說就有十一篇是先是在這份雜誌上刊出的。台灣南投人，本名洪智惠（1939～）；其實讀北一女的中學時代已開始寫作。但書序說她不喜歡自己早期作品的文句雕琢，「染有很濃的傷感色彩」，因此全被她丟棄了。此書只收她大三以後寫的短篇，按寫作時間先後排列。

> 我寫小說，非常注重簡捷。不是非說不可的話，我儘量不說；很少引用成語或典故。我提防自己，避免一切陳腔濫調。

　　外文系背景，閱讀不少英美現代作品的歐陽子，明顯受到西方現代主義文學啟蒙，擅於刻劃女性內在感情衝突，能分析描摹潛藏於內，被壓抑的心理狀態。自從大三開始寫小說，風格有了轉變，由原來偏重於傷感雕琢，逐漸改為冷靜的「心理寫實」。因此她題材雖集中於男女情愛，主角人物大多是女性，但她描寫女性豐富、複雜、微妙，或變態的內心世界、心理掙扎，非常地引人入勝，甚至可說驚心動魄。

　　她創作態度嚴謹，重視「單一緊湊」的戲劇效果，又謹慎安排「伏筆」，抽絲剝繭的情節，讓讀者在閱讀上感受到推理小說一般的張力。歐陽子在序裡自述創作方法，等於公開其寫作奧祕：

> 我寫的每一篇，至少有一幕重要的劇景。在劇景中，主角的內心生活和外界活動，發生正面衝突，引起高潮。……像〈網〉、〈半個微笑〉、〈那長頭髮的女孩〉、〈花瓶〉、〈浪子〉、〈最後一節課〉等篇，除了回憶的部分及背景的描述外，故事都發生在一日之內，發生在同一地點，而且情節是單一的。

　　因為她描繪的多半是角色的「內心生活」，因此對「外界景物」的具體描寫不多，與人物外貌的形容同樣很少；她嚴格服膺著亞里

斯多德提出的「三一律」，非常注重、講究短篇小說的形式。她畢
業後留美、結婚，人生際遇變遷自然呈現在作品上──常見兩個小
說主題，一是以台灣為背景的女性成長自主及男女糾葛，另一是
旅美華人的婚戀生活與兩代畸形戀情。白先勇評論其小說：「有兩
種中國小說傳統罕有的特質，一種是古典主義的藝術形式之控制，
一種是成熟精緻的人類心理之分析。」果然是行家兼知友的春秋之
筆。

87-1   87-2   87-3   87-4

87-1　文星書店1967年初版。
87-2　大林出版社1969年再版40開本。
87-3　大林出版社1978年再版32開本。
87-4　1983年再版本。

從短篇起步

朱秀娟《橋下》

立志出版社1968年初版／短篇小說集

朱秀娟長篇小說不僅書種多、銷量大，且多數在「皇冠」出版，心想：要買她的作品，不論新書二手書，應該不困難。但她第一本小說集《橋下》，卻意外耗費了好長時間才終於找到。原因之一：它出版於找書的四十五年前，即1968年，發行的「立志出版社」早在1980年代已經結束。其次，作者此後寫的小說都頻頻再版，如「第一部長篇小說」《再春》於1969年「立志」初版之後，接著有「黎明」版、皇冠版，唯有《橋下》卻是一版而絕。也許因為它是「短篇小說集」，也許作者嫌這書的技巧還太嫩。總之，連作者也「不認」的最早的書，之後在網路或工具書的資料也會跟著「消失」。不信的話，翻翻文訊主編的「台灣作家作品目錄」，上頭即查無此書。

絕版書得來不易，書中訊息因此難得。朱秀娟後來出書很多，卻極少出現「前言後語」的序跋文字。第一本書卻是非常特別地，有兩位名家寫序：一是顧獻樑，序文很短，說是作者雖首次出書，小說創作路上其實已努力了五年。「序二」由小說家郭良蕙執筆；序文稍長，敘述兩人認識交往經過。原來在輩份上郭良蕙是「郭阿姨」，曾短期邀朱秀娟幫她抄寫小說稿。文中稱讚作者工作：

> 不僅有條有理，而且很有責任心，她一共替我抄寫兩本小說：《黃昏來臨時》及《我心‧我心》。

小說家原來有這麼一段寫作因緣，說是長輩，兩人相差不過十歲。

1936年出生，與同在皇冠出書的徐薏藍、馮馮同年，比李敖小一歲。朱秀娟江蘇鹽城人，台北強恕高中畢業後，進銘傳商專念會計。1960年前後赴美，1963年返台投身商業界。很長時間腳踏文壇商場兩界，既是貿易公司董事長，也大量發表長篇言情小說。她是大眾小說作家，一部《女強人》暢銷不衰，台灣文學史書寫卻很少注意到她。每逢台灣選舉季節，常看到她再度「跨界」，替國民黨候選人站台演說，被稱為助選員中的「名嘴」，可見她不是鎮日關

在書房寫字，不食人間煙火的作家，既翻滾於商場也關心政治，且劍及履及身體力行。

　　根據中國作協官網發布的新聞，她在2010年6月加入「中國作家協會」，成為三位正式被吸收入會的台灣會員，另兩位是陳映真與莫那能。

88-1

88-2

88-1　朱秀娟第一本小說集《橋下》1968年台
　　　北：立志出版社印行，顧獻樑作序。
88-2　第一部長篇《再春》1969年同由立志社
　　　初版，封面設計：林振福。

結合現代與鄉土
施叔青《約伯的末裔》

仙人掌出版社初版（1969年）／短篇小說集

《約伯的末裔》收入小說七篇，是施叔青最早的短篇結集。書名看起來很「洋派」，現代主義氣味十足。不必奇怪，出書這年，她剛從台北「淡江文理學院外文系」畢業，小說是大學時期作品，多登在《現代文學》雜誌。此刊正是白先勇與台大外文系一群同學合辦，這時你發現，原來施叔青與陳若曦、陳映真、王文興等差不多同一個世代——1960年代，「現代主義」本是主流文學思潮。只是施叔青出道早些，加上書出不久，即結婚出國住在紐約，離開文壇好一段時間而已。

現代主義時期的她，與後來寫大河小說：「香港三部曲」、「台灣三部曲」，一本接一本大部頭著作，風格上已然有很大改變。單看她2008年獲「國家文藝獎」後，出版傳記的書名是：《以筆為劍書青史》便知。對一個小說長跑健將而言，文風隨人生歷練而變是理所當然，何況時間相差已有三、四十年。

白先勇在序文裡說：「死亡、性和瘋癲是施叔青小說中迴旋不息的主題」，又說其小說世界是「夢魘似患了分裂症的世界」。施叔青早期小說常以鹿港為背景，所謂「鄉土題材，現代手法」，然而她筆下扭曲、帶腐蝕色彩的鹿港鄉土，評家稱其為「一個滲透著現代病態感的傳統鄉俗世界」（劉登翰語）。還是自己姊姊最能體會她的文學精神：評論家施淑教授從女性主義角度，認為她早期小說「瘋女人的出現，是對男性沙文主義一種老謀深算的顛覆」，因此其頻頻出現的瘋女人形象，以及相對的不堪入目的男性角色，「正是對中原傳統父權文化漂亮的一擊。」

施叔青本名施淑卿，1945年出生於彰化鹿港，與季季、鍾玲、愛亞同年。淡江法文系畢業，紐約市立大學戲劇碩士，高中時代即開始寫作，與施淑、李昂（施淑端）是同胞三姊妹。十七歲完成第一篇小說〈壁虎〉，某種原因未收在第一本書，而收在隔一年志文出版的《拾掇那些日子》（1971年）。此書有幾篇自傳性散文，是認識作家文學啟蒙與背景的第一手材料。

89-1

89-2

89-3

89-4

89-1 施叔青首部小說集《約伯的末裔》1969年仙
　　 人掌出版社印行，白先勇、尉天驄寫序。

89-2 施叔青早期小說常以鹿港為背景，結合鄉土
　　 題材與現代手法，此為40開本初版封底。

89-3 大林書店1973年再版本，編為大林文庫79。

89-4 1971年志文出版：《拾掇那些日子》收有施
　　 叔青自傳性散文，是認識作者啟蒙背景的好
　　 材料。

早期的浪漫

袁瓊瓊《春水船》

皇冠出版社初版（1979年）／洪範書店再版（1985年）／短篇小說集

第一本書出版經歷，通常也是作家從最早「無目的寫點東西」，由興趣漸漸進入專業寫作的關鍵過程。袁瓊瓊回憶《春水船》寫作第一步，傳神靈動，比美張愛玲文體：

> 我最先寫東西因為好玩，後來因為不服氣，最後是因為錢，這樣排下來，似乎是漸漸的品斯濫矣了。可是為自己好玩的時候可以不負責，賭氣的時候也不大能想到責任，倒是把作品當作是純粹的商品時，反而有了謹慎的敬業態度，害怕品質沒控制好，招牌就砸了。

假如更多作家像她這樣，不吝透露早年「書寫情事」，讀者大眾對於「作家」這行業、作家如何誕生，作品內在世界等等會有更多認識。例如袁瓊瓊提起初寫小說的快樂與豪情──「通通是稿紙一攤，就編起故事來，短的四個小時就能寫好，長的寫兩天。自己做家事時邊想故事，亂七八糟發笑」。（主婦兼作家的日子原來如此美好，羨煞多少鎮日苦寫的男性同行）。

更精彩是〈春水船〉一文誕生經過──原來是在一個颱風夜，住家地勢很低，坐在書桌前，她「一邊寫一邊看見土黃色水流像頭獸似的竄進來，一下子就漫了全屋」。可是咱們管太太（1972年與管管結婚）卻是啥都不管，非常的泰山崩於前而色不變，繼續寫她的，寫完之後還站在齊膝的黃泥水裡檢視稿子。這時候「木拖鞋、臉盆、箱子」在她的四周圍漂來漂去，「十分浪漫」。（這是我見過「浪漫」兩字最精彩用法，以後每見《春水船》書封，都會聯想起書桌彷如一條船，作者「寫於水上」這一幕）。

袁瓊瓊（1950～）很年輕即顯露文學才華，於文壇成名卻不算早：她22歲結婚，29歲出版第一本書《春水船》。直到三十歲，短篇〈自己的天空〉得到聯合報小說大獎，洪範書店出書，才算在文學舞台亮麗出場，接受讀者大眾掌聲。其實從筆名「朱陵」時代寫現代詩，三三集刊寫專欄，已有十多年寫作資歷。以後投入電影電視劇本寫作，腳踏文學影視兩界，堪稱是全方位職業作家。

正如《自己的天空》女主角靜敏人生歷程，袁瓊瓊三十五歲離婚，擁有了「自己的天空」。然而女作家「紅塵心事」，是否心靈上更加獨立自主，外人未必知曉。個人與她交誼，是她未滿三十歲「生活單純，個性天真」的年代。「天空」以後，作者已是編故事寫故事的行家，讀者大眾未必能從中「看見作者」。而默默無聞於讀者的《春水船》，敏銳活潑自然，呈現天性本色；隨意或寫意散文，其實比「自傳」更加傳神──於「認識作家」的意義上，「第一本書」之重要性果真無可比擬。

90-1　　　　　　90-2

90-1　袁瓊瓊短篇小說集《春水船》皇冠
　　　1979年初版，詩人丈夫管管寫序。
90-2　洪範書店1985年再版，封面設計：
　　　韓舞麟。

柒 茌室男

六、七〇年代小說家

出版家的純情時代

隱地 《傘上傘下》

皇冠出版社初版（1963年）／爾雅再版（1979年）／短篇小說

以爾雅出版社發行人之名縱橫文化圈的隱地（本名柯青華，1937～），其實是個早慧的作家。

早在讀高中時就開始發表小說作品，其中短篇小說〈榜上〉投稿聯合副刊，1959年夏天刊登日正是他大學聯考落榜日，個中滋味讓他記憶猶新。作者隱地和當時聯副主編林海音也因此結下終生亦師亦友之緣。

這篇〈榜上〉和其他同時期的小說作品以《傘上傘下》書名出版。隱地回憶說，當時幼獅文化事業公司實施年輕人出版貸款政策，他獲得貸款再借皇冠出版社名義，出版了他的第一本書。出版後三、四個月，皇冠結了一筆書款給他，讓他還清貸款。

皇冠版的《傘上傘下》（1963年）只有140頁；爾雅版的《傘上傘下》（1979年），厚達233頁，因增加了八篇小說作品。

隱地自述：《傘上傘下》是我的純情時代。《傘上傘下》裡的我，雖然在聯考陰影下，卻仍是個奮鬥進取的孩子，對生命無窮的希望。

的確，隱地自夢想的台大歷史系落榜後，考進政工幹校新聞系。畢業後擔任雜誌主編、1975年創辦爾雅出版社，經營得有聲有色，引領風騷。並且創作不輟，散文集多達27本，新詩詩集5本，小說有中篇、長篇、日記、回憶錄、自選集，洋洋灑灑的漂亮成績單。奮鬥進取，年少夢想成真，寫下他豐美的人生篇章。

91-1

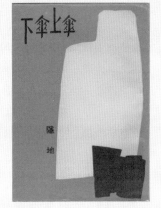

91-2

91-3

91-4

91-1 隱地說：「《傘上傘下》是我的純情
　　　時代」，1963年剛畢業，掛皇冠名
　　　自費出版，封面設計：王愷。
91-2 《傘上傘下》1964年皇冠再版本。
91-3 1979年爾雅增訂再版，封面設計：
　　　覃雲生。
91-4 1999年爾雅重排新版，封面設計：
　　　曾堯生。

理工生的長篇小說

張系國 《皮牧師正傳》

皇冠雜誌社1963年初版／洪範書店1978年再版／長篇小說

張系國（1944～）寫完長篇小說《皮牧師正傳》時還是台大電機系二年級學生，這時還沒到柏克萊加大讀電腦，還沒有博士學位，也還沒在伊利諾及匹茲堡大學教書，擔任兩校電機系系主任。出書的1963年他才十九歲，新竹中學畢業。念的雖是理工，卻掩蓋不住他對文學的興趣與才華，學生時代如此，出了社會也一樣文理兼顧。教書之餘持續寫作翻譯，1990年代更創辦《幻象》雜誌及「科幻小說獎」等，積極推廣科幻文學。

顧名思義，《皮牧師正傳》寫小鎮一個牧師掙扎沉浮的發跡過程，背景是1950年代經濟匱乏的台灣社會。看似寫一位苦苦力爭上游的小人物，其實側寫一個功利世俗的宗教社會：作者以鎮上小教會為核心，揭示團體裡派系鬥爭，各為小利勾心鬥角甚至詐欺的一面。小說裡幾乎全是反面人物，從上到下，不論美國來的老神學院長，賴傳道人、白雲法師，直到一千大小信眾，各有各的鬼胎。甚至出現一段佛教徒假意懺悔，來到教堂禮拜作公開見證，待取得信任後卻盜取財物捲款而逃的插曲。

張系國寫小說的筆，明顯是蘸著嘲諷墨汁的。類似筆法風格，直到他後來的《孔子之死》、《棋王》、《昨日之怒》仍不時顯露出來。除了小說，張系國也寫方塊雜文：針砭時事，對當前社會現象提出批評。評論家何欣曾說：「張系國是時下拜金主義的有力諷刺者，給予那些急功近利、唯利是圖的新台北人有力的一擊。」果然不錯，他的「文學須反映現實」的主張，早在十九歲那年便身體力行。此書第一版和隱地第一本書《傘上傘下》一樣，皆自費並由皇冠出版社發行；初版本面世迄今已半世紀，坊間極少見。未署名之封面設計者，圖案線條厚重老練，六十年代台灣文壇前衛風格與人文氣息躍然紙上，十分耐看。

92-1 1963年張系國出版長篇小說《皮牧師正傳》時，還是讀
　　　電機系二年級的台大學生。
92-2 1978年洪範書店重排再版，封面設計：楊維中。

92-1

92-2

狂飆時代的心聲

大荒《有影子的人》

皇冠出版社初版（1965年）／台中：藍燈出版社再版（1976年）

每位作家對於第一本書總有些偏愛，尤其三十出頭寫的作品，作者自稱個人生命上：「狂飆時代的心聲，噴射著青年期的激情、狂想、憤怒和悲傷。」寫此書時，大荒「放任著筆鋒，像天空放任流星，隨意散發火花。自序裡有這樣的句子：

故鄉遠了，記憶猶新，書包在哪裡？小戀人的辮子在哪裡？……揹著迷惑，恐懼，無知，投入茫茫的山水。綿長的歷史不是護身符，祖先的光榮擦不乾眼淚。

寫生平第一部長篇小說，大荒不只刻畫一段凄哀的愛情，也暴露軍中的罔顧人權；小說隱晦地對軍中陰暗面提出譴責與抗議。既是講故事，也在反思歷史。

對於過去種種有思索更有領悟。他認為：造成歷史錯誤的，「不是某幾個人，不是某短暫的時間，而是我們全體，全民族綿延歷程中過失的累積」。

大荒（1930～2003），本名伍鳴皋，1949年來台，台灣師範大學國文專修科畢業。歷任陸軍士兵、中尉軍官、國中教師。1951年之後對新文學發生濃厚興趣，並嘗試習作及投稿。1955年與唐靜予等創辦《現代文藝》月刊，1972年加入「創世紀」詩社。大荒創作文類不僅集中於現代詩，小說、散文和劇本都寫，堪稱是多面寫手。《有影子的人》1965年由「皇冠」初版，十年之後才等到修訂的機會，交由台中「藍燈出版社」再版。1976年藍燈版由陳其茂設計封面。

流行歌「高山青」作詞者鄧禹平，早年是文壇知名詩人。他以〈一朵新鮮的、蕈狀的雲！〉為題，替《有影子的人》寫一篇書評兼讀後感，大大推崇此書：

簡勁，強力，貼切，率直……應該是大荒先生寫作技巧外觀的四個重要特點。他描寫人物，絕大部分是採用心象，而少用形象。對話、人物塑造力是他的兩隻突出的、碩大的左右臂。

鄧禹平又說：「《有影子的人》與其說是一篇『哀豔』的『愛情』小說，不如說是一篇動人的人權宣言。」

　　這部小說於情節上，寫的是男主角林雨則與女主角徐蔚藍的悲劇。鄧說：多少年沒有讀到這樣讀時讓你全身顫抖的著作了。「他將我們帶到原子塵的高空中，向下俯望」。作者卻說：「唯有勇氣承認悲哀，才有勇氣去沉思，檢討，提鍊並砥礪德性的光芒！」明顯地，作者寫小說的態度嚴肅，並非寫著好玩；這大約也是純文學與通俗文學最大區別之處吧。

93-1

93-2

93-1　詩人大荒首部長篇小說刻劃一段哀悽的愛情，也
　　　暴露軍中的黑暗面，皇冠出版社1965年初版。
93-2　1976年台中：藍燈出版社重排再版。

寂寞的十七歲

白先勇《謫仙記》

文星書店初版（1967年）／大林／水牛再版／短篇小說

很多人以為白先勇的第一本書是《台北人》，錯了。雖然一樣是短篇小說集，他生平第一本書，卻是交給李敖主編時的「文星書店」出版。可惜「文星」被政府停業、關門之後，版權也像飄零美國的作者一樣，「謫貶」飄零了一陣，小說集最終消失絕版。《謫仙記》一書，從版本到書名因而漸漸地被讀者遺忘。

白先勇第一篇小說〈金大奶奶〉發表於1958年，他還是台大外文系學生。「文星書店」出《謫仙記》的1967年他人在美國，此所以由「歐陽子」寫序，「王文興」寫後記——兩位作家乃同班同學，在學校一塊辦雜誌，沒有作者本人半句前言後語。但仔細一算，從起步寫作到首次出書，中間歷時十年，年輕小說家出書態度多麼嚴謹。

比較不幸是出書時間正逢1960年代，剛好碰上一個亂糟糟的台灣出版生態。那是戒嚴時期，國民黨政府逼迫「文星」關門，旗下版權因此四散，好銷的文學書未經作者同意，全流落「大林」、「水牛」等書店手裡。《謫仙記》於是如書名所喻，謫貶到商販之家，同時受難的包括梁實秋、黃春明、張曉風等人作品，於是版本氾濫，封面設計參差不齊，有些設計簡直粗俗到令人不忍重看。

白先勇較幸運的是：當時人在美國。不管台灣書市如何烏煙瘴氣，他埋首書房攀爬文學高峰。四年後，1971年《台北人》由晨鐘出版，收入十四篇小說，文字精煉、結構謹嚴，在華文文壇叫好又叫座，名氣愈來愈響亮。也因《台北人》被評家譽為經典之作，難怪讀者不知《謫仙記》才是作者「第一本書」。

而白先勇第一本書後來出現了「雙胞案」，怎麼說呢？原來「謫」書出版後十年，白先勇1976年由遠景出版了《寂寞的十七歲》，副標題為：「白先勇早期短篇小說集」。此書收入〈金大奶奶〉等十七篇作品，不但內容比十年前的文星版更加完整，編輯態度也更加嚴謹認真。每篇早期小說都註上發表日期，白先勇還親自寫一篇長長的〈後記〉，詳述當年如何開始寫作，如何在海外興起家國之思與飄泊心境，包括各篇小說的寫作動機與背景。如此編輯與結構，對讀者而言，比閱讀《謫仙記》獲益更多，對小說家如何

起步，認識更加深入。

　　《謫仙記》並未收入〈金大奶奶〉，說明作家第一次出書的謹慎，愛惜羽毛。寫作生涯二十年的歷練，作家擁有聲譽也有足夠自信重新面對自己的少作。況且把少作整理一個更好的版本面世，除了負責，也是對自己版權的維護，不容出版商家亂來。如果從一個研究者的角度觀察，「白先勇第一本書」案例所提供的訊息，一是「成名作家面對少作」的態度：有些作家任其消失，有些則細心呵護。其二是，所謂「作家第一本書」定義應該放寬──不見得最早出版的才叫「第一本書」，也不見得「只有一本」。

94-1

94-2

94-3

94-4

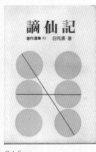

94-5

94-6

94-7

94-1　白先勇小說集《謫仙記》1967年文星書店初版。
94-2　《謫仙記》1970年大林書店再版本。
94-3　1978年大林再版本。
94-4　1980年大林再版本。
94-5　1988年水牛出版社再版。
94-6　1994年水牛再版本。
94-7　大林再版本（無出版年）。

沒有臉的人

水晶《青色的蚱蜢》

文星書店初版（1967年）／大林再版（1970）／爾雅三版（1985年）／短篇小說

　　水晶出版的第一本書——小說集而非散文集，與他後來走的道路並不相同。而此書由「爾雅」再版時，還改了書名，變成：《沒有臉的人》。同名小說1962年中央副刊發表時，雖讀者反應兩極，卻大受行家讚賞，總之是他初登文壇成名之作。只是這些「文藝舊聞」只怕早消失於時間之海，年輕輩大概只覺書名很有趣，或感覺書名改得奇怪罷。

　　書名儘管改變，四十多年煙塵滄桑，不論青色無色初版再版，結局一樣走入絕版。書既消失，當真是「沒有臉」了。此書林林總總，給人今昔之感，短短幾百字相信也說不清楚。或許挑幾件有趣的記事，看能否拼貼出另一張臉。一般書都只會有一個「跋」，此書「文星」初版本，竟一口氣出現兩個。第二個是付印前臨時加的「再記」，三十琅璫歲，台大外文系畢業不久的水晶（本名楊沂），氣急敗壞指出自己小說，「被台灣的一批自命為『現代派』的作家剽竊」（有書為證）。

　　其二，後記裡大方展示對張愛玲的崇拜：「如果有人指出，我的文章是張派，我會毫不忸怩地加以領首承認」。兩樣都顯出年青人有棱有角的可愛姿態，隔著時間的帷幕回頭看，「氣盛」其實令人羨慕的。1985年爾雅版前記裡作者回憶道：「我年輕時少年氣盛，頗為自負，所以人緣文緣，兩皆破產」；而他說出當年典故，「是為後來者戒，無一絲自煊之意」。

　　〈沒有臉的人〉被收在好幾種「現代小說選集」裡。它以意識流筆法寫一個讓生活擔子壓得扁扁的窮教員，某日晨起在報上看到年輕時代戀人，如今已是享譽世界的鋼琴家正回台訪問。最尷尬的是，鋼琴家正好被安排將蒞臨他教書的學校參觀並指導。當年情侶一時倔強勞燕分飛，今日身分地位已是天壤之別。這確是一篇耐讀有味的好小說，寫活窮文人困於庸俗日常的無力與無奈。果然一日小說家，終身小說家；只要留下可觀作品，船過水留痕，即使數年或數十年，總有老讀者翻開小說而恍然記起，哎！對了，是那個「水晶」，沒有臉的人。

95-1

95-2

95-3

95-4

95-1 文星書店1967年初版，書後兩「跋」；孫如陵寫序，因短篇
〈沒有臉的人〉刊中央副刊後備受矚目。
95-2 大林書店1970年再版40開本。
95-3 大林書店1980年再版32開本。
95-4 爾雅出版社1985年重排新版，改名《沒有臉的人》，封面設
計：陳輝龍。

尋尋覓覓找自己

舒暢《櫥窗裡的畫眉》

台灣商務印書館初版（1967年）／短篇小說

年輕一代寫作者或許不知道「舒暢」（1928～2007）這位作家。其實他活躍於戰後五、六〇年代台灣文壇，是「軍中小說家」群落中的佼佼者，發表不少讓同行稱讚的好作品。雖然出版小說數量不多，但他最好的短篇，如1957年發表之〈上一代的法庭〉，屢被收進各種小說選。1977年台北「源成」出版厚達六百多頁的《中國當代十大小說家選集》，舒暢名列「十大」之中，與朱西甯、司馬中原、白先勇、七等生等小說家齊名。

舒暢本名舒揚，湖北漢陽人，國立水產學校畢業。從一篇自序中看得出，他童年出身富豪之家，迫於戰亂才隨軍來台。在台灣以微薄軍餉維生的他，喜歡下棋，塗塗寫寫，一生未婚。自1963年退役直到八十歲去世，孑然一身；其實他退役那年不過三十五歲。可嘆他愛戀多年的文壇才女飄然離去，使他成為身單影隻的「文壇獨行俠」。退役單身老兵沒有家庭依歸，精神和生活都無可依靠。其短篇集《院中故事》（1981年九歌初版），寫的便是這群單身老兵的「收容所生活」——「社會上對這些人漸漸遺忘了，就像當年的垃圾場一樣，儘管裡面不管是一塊碎紙片，爛布條，鏽鐵釘……它們對人類都曾經參與過，可是人們都繞道，或者掩鼻而過」（作者序）。舒暢共有六部短篇和一部長篇。《櫥窗裡的畫眉》是他生平第一本書，1967年由「台灣商務」出版。季季主編曾說：「他寫作和下棋一樣，深思細想，慢慢琢磨，不到圓熟之境不出手，因此作品不多。」

《櫥窗裡的畫眉》收錄十五個短篇，與書同名的小說，寫一個年輕男子在委託行櫥窗前，等待與他相約的女子前來。櫥窗裡有隻畫眉，第一人稱的小說主角觀察細密，心理刻畫上尤其傳神。結局自然是女主角被父母禁足未能赴約，正如櫥窗裡的畫眉。很意外的是，我在2015年夏天無意間在舊書拍賣網站上發現，這本體型瘦小的「商務初版本」，五十年後的售價竟高達八萬八千元，驚訝中猜不出個中緣故。

舒暢退役後獨居台北長春路軍中大院，「過他超現實的生活，寫他超現實的小說」。如今回顧，舒暢作品價值所在，正是他關注

「老兵」在台灣社會的邊緣位置，畸零人角色。他的小說不為制式教條服務，以深沉悲憫，描寫被棄置社會角落的「垃圾」或邊緣人物。其小說集：《軌跡之外》(1969)、《沒有番號的》(1971)、《風箏‧玩偶‧垃圾箱》(1976)，都有不被關注的，失鄉又失婚，或者說「思鄉又思婚」的老兵角色，舒暢藉由小說賦予他們主體性，呈現藝術的救贖力量。他最後一部長篇：《那年在特約茶室》(1991)，刻畫戒嚴時代台灣駐紮外島士兵與軍妓的愛欲生活，凸顯台灣外省軍人對「情感」與「家」的渴望。被稱是「台灣第一部以金門戰地八三一軍中樂園為題材的作品」。舒暢曾言：「（民國）五十二年退了役，有點像萬里尋親那樣，尋尋覓覓的找小說，也是找自己」。光說他生產了許多「老兵題材」作品：以小說捕捉那段戰爭離亂歲月，寫出被命運擺弄者的切身痛楚與屈辱，台灣文學史就該留給他一個合適的小說家位置。

舒暢是早期文壇知名軍中小說家，《櫥窗裡的畫眉》收入由15短篇，台灣商務印書館1967年初版。

鄉土文學經典

王禎和《嫁妝一牛車》

金字塔出版社初版（1969年）／遠景再版（1975年）／洪範三版（1993年）／長篇小說

王禎和第一部小說集《嫁妝一牛車》在「台灣文學經典」書單中名氣響亮，只要對台灣當代文學稍有涉獵的人，沒有不知道這部書的。也因為太著名了，已經成為某種「測試」標準。據說可以這麼認定：讀過此書的，不外是中文系或台文系背景，沒讀過的，不是對現代文學陌生的讀眾，便是不碰文學書的理工專業。然而，你怎能知道他是讀過或沒有呢？這也容易分辨，但看他能不能「解題」——若是望文生義，直接按字面解釋為：〈嫁妝一牛車〉寫的是：「鄉下人嫁女兒，擺了滿滿一牛車嫁妝」的話，那麼你就知道此人根本沒讀過王禎和這篇小說。

《嫁妝一牛車》作為王禎和成名作，收入他1960年代陸續發表在《現代文學》、《文學季刊》的短篇作品。書中最早一篇〈鬼·北風·人〉，是他念台大外文系二年級的處女作，還是他親手交到「現文」主編，也是同系學長白先勇手上發表的，刊於1961年。白先勇那一屆畢業離校後，王禎和這屆的作者群便接手加入編者行列。其實兩人除了同學以及「編者與作者」的關係，還有一層「出版者與作家」的關係。1970年白先勇創立「晨鐘出版社」，還出版了學弟王禎和的《寂寞紅》與《三春記》兩書。

兩人都是台灣當代小說史上重要小說家，風格上卻形成鮮明對比。雖同樣台大外文系的訓練，深受西方現代主義文學影響，作品卻是截然不同的題材與風格。白先勇小說人物是大陸來台的沒落貴族，滿臉滄桑的「台北大陸人」。王禎和則是花蓮鄉間小人物，偏僻農村被侮辱被損害的一群。如〈嫁妝一牛車〉裡拉牛車維生，失聰的老農萬發。

小說寫的是一對貧窮至極的「萬發」夫婦，與「第三者」簡姓商人一段三角戀故事，若從男性角度則是一段賣妻或「戴綠帽」的故事。男主角萬發為了求得一口飯吃，或口腹之欲，不得不裝聾作啞戴綠帽子。他用妻子換得「姓簡的」為他買一台牛車，因此題目的「嫁妝」是男人送男人的嫁妝，萬發賣妻得到「一台牛車」。小說發表於1967年3月的《文學季刊》，評家讚譽有加，咸認是台灣鄉土文學代表作。實際上《嫁妝一牛車》的成功，除了開啟刻畫鄉土小人物的題材，更在於小說語言的精緻與創新。小說家有高超的反諷

技巧，除了在小說人物的行動、語言上表現，主角名字如萬發、阿好、簡姓鹿港人等都有精心設計。王禎和獨創的台語對白與敘述語法，加上特殊題材與象徵性，是讓這部小說成為鄉土文學經典的重要因素。

儘管此書在當代文學領域名氣甚大，其版本流變，連圈內人也所知甚少。《嫁妝一牛車》第一版，是1969年由「金字塔出版社」印行，由於此社存在時間較短，極少人聽過它的名字。連大陸出版的台灣文學辭典一類工具書，都記錄《嫁妝一牛車》是由「遠景出版社」初版。「金字塔」的開本比一般文學書小很多，只收入小說六篇，而1975年推出的遠景版收入九篇，它是上市後二十年間流通於市場最普及版本，「美金疊合」的封面設計特別吸睛。目前書店容易買到的，則是由「洪範」精心編校之「定本」，其校訂之用心也為「台灣文學經典」編印做了很好的示範。

97-1

97-2

97-3

97-1 《嫁妝一牛車》首版面世於1969年，台北：金字塔出版社初版，香港詩人：也斯寫序。
97-2 1975年遠景出版社增訂新版，由原來的六篇增為九篇，封面攝影：莊靈，設計：黃華成。
97-3 1993年洪範書店重排再版，為此作之定本，封面圖：林崇漢，封面設計：李男。

隱遁的小角色

七等生《僵局》

林白初版（1969年）／香港：半島書樓（1975年）／遠景（1976年）／遠景新版（2003年）／短篇小說

2010年小說家七等生獲頒「第十四屆國家文藝獎」，朋友之間共同的感覺是：這獎未免來得太遲些——出過兩次「全集」的小說家都已決定封筆了。得獎這年，距離他出第一本書《僵局》已整整四十年。新一代讀者既看不到，也感覺不出「七等生旋風」橫掃文壇時的氛圍與模樣。如果台灣1960年代文壇是「現代主義文學」風起雲湧的年代，那麼《僵局》一書從裡到外，確有十足的代表性，尤其初版本，可惜絕版多年早已是「夢幻逸品」。

戰後純文學作家裡，很少像七等生一般，四十歲不到，就有當今出版家沈登恩替他精印一套遠景版「小全集」，陸續發行到主流市場。除了全集，1977 年還有一部「七等生小說論評集」問世，即張恆豪主編《火獄的自焚》，收論文二十篇近三百頁。別說文壇資源相對匱乏的七〇年代，即使眼前那麼多文學研究人口，也極少出版社願替單一作家，出版毫無市場的小說評論集。而七等生迄今「小說全集」已出版過兩次，改版重編的第二套出版於2003年。

若問七等生為什麼寫作，借用他的自述，因為「寫作一步步地揭開我內心黑暗的世界，將我內在積存的污穢，一次又一次地加以洗滌」。寫作原來比找心理醫師傾訴更有「療癒功能」：寫作讓他在成長歲月所累積的「貧困、苦難、人事折磨等夢魘」漸漸獲得紓解與擺脫，心靈也得到平靜。這說法也從他把「出版僵局」的不愉快經驗寫成小說得到印證。在我整理「作家第一本書」經驗裡，七等生是唯一把首次出書經驗寫成小說的人，收在小說集《城之迷》首篇。

頗具「現代主義風格」的《僵局》收入他發表於一九六〇年代的最早期作品。與其他產量豐碩的小說大家相比，七等生屬於一出手便震驚武林，不，推出第一本書便是「重量級作品」的作家。寫作生涯最具代表性的〈我愛黑眼珠〉、〈隱遁的小角色〉、〈結婚〉、〈ＡＢ夫婦〉等，都可在這本書裡看到。他二十歲從台北師範學校（今日國立台北教育大學）一畢業，即分發到九份國小教書。但在他最早寫作階段，卻是毅然辭教職，一心想留在台北創作。無奈一來與文友理念不合，拂袖離開《文季》陣營，二來城市生計艱難，靠寫作養不活一家，不得已結束他重要的「居城時

期」。

　　《僵局》初版本「非常的七等生」。珍貴處之一，是雷驤的封面設計及插圖。兩人年輕時原是同窗兼好友。之二是封面。仔細看，封面不是別人，正是七等生（或劉武雄）本人照片。六〇年代文壇很少作者拿自己作封面，此書一望而知設計風格的前衛性。再仔細看人物背後的鄉村場景，一對男女帶著疲憊無歡的表情，一幅頹喪地「離城」旅程或寫照，七等生透過照片要傳達的意旨是什麼呢？頗費疑猜。按專家解析，書名「僵局」另有一解：根據同名小說主題分析，七等生對「人類存在處境與現實條件」總是荒謬對立的深刻理解，便是書名這兩個字：僵局。換句話說，若要認識七等生所代表的「另類現代主義」特質，真的要從這本書開始。

98-1

98-2

98-3

98-4

98-5

98-1 《僵局》稀有初版本封面，1969年林白出版社印行，封面攝影、內頁插圖：雷驤（書影由陳文發提供）。

98-2 香港：半島書樓1975年初版《僵局》，內容重新編訂，七等生自序：〈論文學〉，列為：小草叢刊之8。

98-3 1976年台北：遠行出版《僵局》與香港版內容相同。

98-4 1986年遠景出版社三版封面，編為七等生作品集之2，封面繪圖：徐秀美。

98-5 2003年遠景出版社重排新版，內容重編，為「七等生全集之3」，七等生親撰總序，張恆豪審訂。

不得不寫

東方白 《臨死的基督徒》

台北：水牛出版社1969年初版／短篇小說

出第一本書時東方白三十一歲，還在加拿大攻博士學位。第一部長篇小說《露意湖》出版時四十歲，以後又耗去十年黃金歲月：四十一到五十一歲埋頭完成一百三十萬字大河小說《浪淘沙》。他和小說家白先勇相差一歲，兩人同時在台北建國中學讀高中，曾寫散文〈建中二白〉在副刊發表。兩人畢業後同樣進入台灣大學，差別是東方白讀的是工程，出國後取得工程博士學位。

建中二白的「東方白」只是筆名。台北大稻埕出生，讀「太平國小」的他，有個平凡的本名：「林文德」。翻開《臨死的基督徒》自序，可知他很早即立意寫作，且態度嚴肅。自言寫作對於他「正如生產對於孕婦一樣痛苦」，他說自己「沒有寫作的天賦」卻不得不寫。「從一個思念刺激著我，到達修改完成成為定稿，通常都是經年累月」。但他「生而有五官，不得不對這紛紜的世界有所感受」，這感受煎熬著他，使他沒有心思做任何事，「只好坐下來，拋開一切，把它傾吐在紙上」。

書中首篇〈臨死的基督徒〉是他十六歲那年寫的——篇幅很短的小說卻整整被退了七次。他故意放在第一篇，即是為了向一些編輯提出「我的控訴」。而為了感謝水牛出版社肯出這本「並非名家」的作品，他奉獻出全部版權，分毫不取，僅希望此書能減到成本以上的「最低價格」。此一「拒收版稅」的文人豪舉，說不定也創下「作家第一本書」系列某項出版紀錄。從他早年作品還看出，他自始自終「喜愛哲學性、思想性的抽象文學」，亦即「寓言、神話，深具人生意義的短篇小說」。例如十九歲寫的短篇〈烏鴉錦之役〉登在聯合副刊（1957年），這篇處女作寫的是甲午戰後日本攻台一場戰役始末。俗話說的「三歲定八十」，果然有些道理。他也解釋了自己筆名的由來：源自蘇東坡赤壁賦最後一句：「……杯盤狼藉，不知東方之既白」。蘇氏這篇文章可能太有名氣吧，台灣有一個武俠小說作家也叫「東方白」。

99-1 東方白第一本書，短篇小說集1969年由水牛出版；
為能降低書的成本，自願不收取版稅。
99-2 東方白，本名：林文德，十六歲發表第一篇小說；水
牛版封底顯示他留美讀博士時代的照片。

99-1

99-2

蒼白青年的自我世界

宋澤萊《廢園》

（台南）豐生出版社1976年初版／（台北）遠景1979年重排（改名〔惡靈〕）／短篇小說

宋澤萊生平第一部書《廢園》，一來是大學時代寫的長篇小說，二來交給南部一家小出版社印行，因此「初版本」真是磨穿鐵鞋，跑遍書肆都見不到蹤影，可知消失文壇很久了。以後改名《惡靈》由遠景再版，同樣也絕版多時。其實宋澤萊寫作能量旺盛，除了詩歌、評論、文學史各類皆有出版品，主體「小說」一項，更是歷程長且變化多──他前後寫過「現代主義小說、農民寫實小說、人權政治、魔幻寓言小說」，其勇於實驗不拘泥形式，使得評家須費神分成不同「文學時期」才能詮釋完整。《廢園》便是最早「現代主義時期」作品：呈現一個蒼白、陰鬱、鎮日被死亡之念所困的年輕人，在校園（或廢園）滔滔不絕地敘述著對生命的不滿與絕望。

而年輕作家態度是嚴肅的。初版正文前有三段「說明」，開宗明義告訴讀者：「這是一篇小說，但不是用來消遣的，若是您想從中取得粗俗的快樂，那便錯了……」。第二段說：「它是一九七四年初完成的作品，當時作者仍稚幼，充滿大量自戀、感傷的情緒，大致是痛恨生命及關切生命兩種欲念的衝突，今日的作者已倦於再去卒讀，但仍想公開它，因為生命的成長是不必後悔的，作品亦無掩藏的必要」。（這些文字「再版本」都不見了）。作者雖自稱不成熟，仍有評家持肯定態度，如林瑞明認為它是呈現知青心理狀態的優異小說；陳建忠也指出，小說描寫男同性戀者的正面態度，應受到更多注目。

前述「今日作者」，與「當時稚幼……充滿自戀」的說詞，其實相差不過兩年。兩年間，小說家從密閉的大學校園走進紛紛擾擾的大社會，心境上產生很大的變化。1978年，成名作〈打牛湳村〉系列問世──作者從「逃入自我世界的蒼白青年」，回鄉面對凋敝農村，這時小說家執筆揭露剝削農民的產銷問題，為弱勢階級發聲。校園之內與之外，呈現主題大不相同。〈打牛湳村〉轟動文壇，成為鄉土文學代表作──這年小說家二十六歲，從師大歷史系畢業出社會，是彰化海邊一名國中老師。

100-1　宋澤萊首部書長篇小說，大學時代作品，台南：豐生
　　　　出版社1976年印行，書後附錄：與楊達論文學。
100-2　初版《廢園》改名《惡靈》，1979年遠景出版社重排
　　　　再版。

100-1

100-2

「處男」的初戀

楊青矗《在室男》

高雄：文皇社1971年初版／1972年三版／敦理1978年重排版／短篇小說

高雄氣爆事件新聞在2014年8月初天天見報，讓人聯想起小說家楊青矗。不僅因他一系列「工人小說」多以高雄作背景，更因他和父親都曾是「中油」員工——父親當年是高雄煉油廠消防員，就在一次油輪爆炸事件意外殉職。父逝之後留下孤兒寡母，遂由他扛起家庭重擔。他經歷各種行業：除了以遺族身分在煉油廠當了十幾年事務管理，也開過西服店，當過裁縫班老師，還自辦出版社。豐富的生活經歷供應他充沛寫作題材。

1971年第一本書《在室男》便在他自己經營的「文皇社」出版。線條樸實的首版封面少人見過——在那戒嚴年代，採取「在地意味」濃厚又引人遐思的書名，此時翻讀青綠色拙稚初版，更易體會底層人物掙扎於都會邊緣的鄉土氣息。不識台語者或不知「在室男」何意——台語「在室」，代表「未有性經驗」，即「處男」之意。1969年小說在時報「人間副刊」連載，讓作者一炮而紅。其實小說已寫了好幾年，拿它作書名的原因，依作者解釋：「一個人最純潔的時期是猶如一張白紙的在室（未進社會）時期，我只取這一點純潔的象徵，也暗合我第一次出書之意。」（初版後記）

常說早年作品多少帶有自傳性質。〈在室男〉背景也正是高雄一家裁縫店。小說寫的是：酒家女「大目仔」（大眼睛女孩），與年輕裁縫學徒「有酒渦的」，兩人一段沒有結局的戀愛故事。酒女是裁縫店主顧，每來店便露骨地調戲酒窩男孩，當著眾人向他示愛，也熱心幫他解決經濟難關。然而就在男孩逐漸接受其感情時，酒女卻突然人間蒸發消失無蹤。直到半年以後，突然大著肚子在裁縫店出現——原來她悄然消失是去幫一位富商生小孩，為的是得到大筆錢好回來和愛人結婚。男孩得知忍不住大哭：「你為什麼大肚子！」

〈在室男〉於1984年曾改編拍成電影，由蔡揚名導演。楊青矗小說集也被美國學者高棣民翻成英文出版。譯者是小說行家，他認為〈在室男〉其實是關於「都市化，如何摧毀一個少年」的故事。這麼說來，它該是一篇具體而微的成長小說——而楊青矗一系列描寫惡質工業化讓「工廠人」傷痛扭曲的工人小說，呈現高雄「作為

城市」在工業化過程遭受汙染、災難與陣痛的現象，也算是城市本身的「成長小說」吧。此書出版之後四十三年，高雄即因高度工業化，在都會中心發生震驚全台的石化氣爆慘劇：瞬間造成32人死亡，321人受傷。

　　看來，不論個人或城市，能從災難中汲取教訓，隨經驗漸次「成長」，都不是容易的事。

101-1

101-2

101-3

101-4

101-5

101-6

101-1　《在室男》楊青矗成名小說，1971年高雄：文皇出版社初版，封面設計：薛清茂。
101-2　1972年文皇社三版，封面設計：阮義忠。
101-3　1974年敦理出版社五版，封面設計：謝里法。
101-4　1978年敦理重排新版，內容調整，加入評論及創作年表，此1984年版加套電影劇照書腰。
101-5　作者是敦理出版社主持人，1978年重排的《在室男》曾改名《同根生》發行，封面畫家：李朝進。
101-6　《同根生》1982年遠景版，封面繪圖：吳耀忠。

作家的第一部，文學史的第一步

應鳳凰

喜歡收集書，鎮日到舊書店尋芳挖寶的壞毛病，已非一朝一夕。年紀老大想改邪歸正，既缺乏雄心毅力，乾脆玩物喪志，一路沉淪到底。而這樣的壞習性也正是此書得以成形最後完成的背景。2012年秋天，像是鬼使神差，印刻執行「台北文學季」有個展出「作家第一本書」的計畫。初聽此精彩點子立即拍案叫好。等到人家說：「還得請你多幫忙！」剎時間想把那「好」聲收回已經來不及。嘴巴上當然反射性地推辭：這事太辛苦啦。動手動腳找資料，還得上天下海把作家絕版老書一部部挖出來。不小心弄錯還會挨罵，絕對是吃力不討好的事。

推辭的理由還可以找出一百多個。作家那麼多，他們第一本書是啥書？就算查得到是哪一本，天涯海角怎知書在哪裡？憑一人之力，究竟捧得出幾本像樣的讓大家參觀呢？咱家書房很小，就算真有那麼幾部寶貝，但胡亂在家裡堆著，跟送出去「展覽」根本是兩回事——沒整理沒秩序當然不叫做「展」，更不能「覽」。

但一切都來不及了。

並不是口頭答應，想後悔已來不及。而是這類主意一旦出爐，堅定拒絕的動力「來不及」快速培養。誘惑力真的很大，天人交戰之際，感性戰勝理性，推辭的理由越來越薄弱，最後不堪一擊。好吧，這樣說容易理解：如果你能體會「錦衣夜行」的遺憾——三更半夜穿著漂亮衣服在街上行走，誰看見了？是的，好書怎能經年累月只關在屋子裡。有時也該端出去曬曬太陽，或讓千姿百態的書衣書影，列隊到伸展台上走秀一下；「美麗是永恆的愉悅」，不應在暗室裡深藏起來。基於相同心理，展覽過後，開始一本本寫成文章，文字搭書影一起發表，不僅副刊，也投給雜誌。2013年起「作家第一本書」更做為「封面故事」連續在《文訊》月刊發表，難以相信每月一篇竟一口氣寫了三年。

記得展前整個「預備階段」是何等興致高昂。為了找出「第一本書」，把好些擠在書架角落的、沉埋在箱底的寶貝，一一挖出來重見天日。這些書在我擦擦弄弄，為之沐浴更衣「洗心革面」之後，煥然一新。發現幾部珍本舊書時直如老友重逢，見面忍不住一番敘

舊擁抱；有些書就像失散多年的女兒，一朝見面不免百感交集，互有一番辨認與驚喜。如此翻箱倒櫃攀高爬低，把各種文類，或同作品不同版本聚集一起的過程，時節正逢「舊曆年迎新春」，雖是汗流浹背累得直不起腰來，卻有一番難以言說，內外同樣除舊布新的欣喜。

欣喜裡包含著老書的新發現。噢，原來我有這本書。或者從舊目錄裡查到新訊息：什麼，竟是這一本，書名從沒聽過，茫茫書海何處尋芳蹤？這位作家大名鼎鼎著作等身，十本我倒有九本，偏偏第一本書彷彿私生子，連出版社名字都是陌生的。但這也不礙事，現在知道不算晚：人說活到老學到老，獲得「新知」便該欣喜，何況是本業的文學新知。若非這次費心用力整理「作家第一本書」，還不清楚這項文字工程原來具有文學史意義。

是的，不論從大處著眼或細節觀察：聚集的文學百書，既可認識作家「第一部」，也是串起文學史的「第一步」。「101位作家第一本書」整體展示的影像與訊息，不僅供一般社會大眾閒時瀏覽，讓大眾「好看」，也給學院內文學研究生奉上熱騰騰，眼見為憑的第一手文學史材料。從小處著眼：「第一本書」也是作家路進文學生涯的第一哩路，如何開端，正是作家研究或傳記的重要項目。例如好些文藝青年資質天成，讀書時代便大量投稿；有些則是後天環境使然，例如當了編輯，稿子不夠只好自己跳下去補白，寫著寫著也能整理成書出版；還有一種是忽然發現「原來自己可以當個作家」！這是柏楊的例子：他窮愁潦倒時偶然撞見政府文學獎招貼，待意外獲得大筆獎金時，驚喜發現：原來自己是可以靠一枝筆活下去的。柏楊提供我們「第一本書對作家無比重要」的典型範例：不出現這一本書，不會一生走上寫作道路。諸如此類，許多作家有了第一本書才擁有信心，順利邁開寫作步伐。

別以為「第一本書」定然是青澀不成熟作品。好些作家靠第一本書「一炮而紅」不說，甚至持續紅一輩子的都有。尤其是長銷的文學經典，總能在時間長河裡浴火重生：五、六十年前出的書，現在各大書店仍可隨手買到。中間或許換過幾家出版社，只因不同年代

都有新讀者，甚至出版人就是粉絲之一，於是舊書可以一再新印，隨著時代腳步還越印越漂亮。明顯例子像是瘂弦詩集，艾雯散文集《青春篇》，張曉風《地毯的那一端》等。友人曾問：你這一百本書是怎麼選出來的？呃，這問題不容易回答。仔細回顧這幾年成書過程，其實找到什麼寫什麼，手邊有的，或「長得帥的」先寫；偶而在文友作家聚會場合，聽來新鮮有趣的出書故事，回家便速速執筆，樂於賺到一篇寫作題材，以及稿費。可見並非我如何選擇這一百零一位作家，而是他們選了我。有書出版的台灣當代作家總在一千位以上，記得早在2012年台北中山堂展出「第一本書」的作家即有250位，總共陳列了372本書。

如何串起「各作家的第一部」成為「文學史的第一步」，最簡單的辦法是：按時間順序來安排這一百本書。排序之餘又發現應該分別「文類」──即分開「新詩、小說、散文」，如此一來，整本的架構眉目更加清楚。此書得以完成要感謝的人不少：作家朋友、家人學生、新舊書店，無法一一點名，只有感激在心。但有一位從年輕時便攜手走進文學採訪工作的好友：鐘麗慧卻不能不提。當年是形影不離的工作夥伴，二十年後，此書剛醞釀起步，又蒙她兩肋插刀捲起袖子幫忙撰稿。這本書今日得以「順產」面市，有她熱心協力「助產」的功勞。我把這部「文學起步」，集合「作家第一本書」的成果獻給她，也紀念我們「起步」迄今超過三十年的友誼。

最後要聲明的是，出書這年正好從教職退休。搜尋舊書、辨識版本原是多年來個人嗜好，總是樂此不疲。此事無關學術。書中好些名家早年出的書，上市已超過四、五十年，中間版本無數，以一人之力，難以百分之百收齊。因此掛一漏萬，在所難免。展示版本流變，固然有利於文學研究，若從個人角度，它就是一件好玩的事。是的，今後訪書、買書、集書、寫書，退休的日子正可以大玩而特玩。退休之前曾立志要當台灣文學志工，以推廣台灣文學為終身職志。那麼，此書就是離校後第一份成果：也是無業遊民「第一本書」，敬獻給所有喜愛台灣文學的讀者大眾。

印 刻 文 學　　　521

文學起步101
—— 101位作家的第一本書

作　　　者	應鳳凰
總 編 輯	初安民
責任編輯	林家鵬
圖片提供	應鳳凰
美術編輯	林麗華
校　　　對	應鳳凰　林家鵬

發 行 人	張書銘
出　　　版	INK印刻文學生活雜誌出版有限公司
	新北市中和區建一路249號8樓
	電話：02-22281626
	傳真：02-22281598
	e-mail：ink.book@msa.hinet.net
網　　　址	舒讀網http：//www.sudu.cc

網　　　址	舒讀網http：//www.sudu.cc
法律顧問	巨鼎博達法律事務所
	施竣中律師
總 代 理	成陽出版股份有限公司
	電話：03-3589000（代表號）
	傳真：03-3556521
郵政劃撥	19000691　成陽出版股份有限公司
印　　　刷	海王印刷事業股份有限公司

出版日期	2016年12月　初版
ISBN	978-986-387-069-2

定　　　價　　　300元

Copyright ©2016 by　Feng-huang Ying
Published by **INK** Literary Monthly Publishing Co., Ltd.
All Rights Reserved
Printed in Taiwan

國家圖書館出版品預行編目資料

文學起步101：101位作家的第一本書/應鳳凰 著；
　　--初版，--新北市中和區：INK印刻文學，
　2016.12 面：18 × 25.5 公分.（文學叢書：521）
　　ISBN　978-986-387-069-2　（平裝）
　　　1.臺灣文學 2.作家 3.文學評論
　863.3　　　　　　　　　　　　104022838